U0921762

心灵鸡汤

做自己命运的设计师

陈晓辉　一路开花／主编

煤炭工业出版社
·北　京·

图书在版编目（CIP）数据

做自己命运的设计师／陈晓辉，一路开花主编．
--北京：煤炭工业出版社，2017（2023.1重印）
（品读心灵鸡汤）
ISBN 978-7-5020-5810-4

Ⅰ.①做… Ⅱ.①陈… ②一… Ⅲ.①故事—作品集—中国—当代 Ⅳ.①I247.81

中国版本图书馆CIP数据核字（2017）第095578号

做自己命运的设计师

主　　编　陈晓辉　一路开花
责任编辑　马明仁
编　　辑　郭浩亮
封面设计　宋双成
出版发行　煤炭工业出版社（北京市朝阳区芍药居35号　100029）
电　　话　010-84657898（总编室）
　　　　　010-64018321（发行部）　010-84657880（读者服务部）
电子信箱　cciph612@126.com
网　　址　www.cciph.com.cn
印　　刷　北京飞达印刷有限责任公司
经　　销　全国新华书店
开　　本　710mm×1000mm 1/16　印张　14　字数　180千字
版　　次　2017年6月第1版　2023年1月第4次印刷
社内编号　8690　定价　46.00元

第一辑
没有梦想，青春该多么苍白

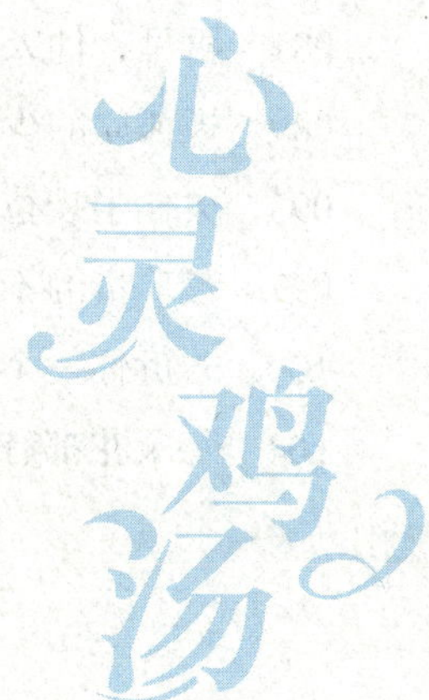

第二辑
生活从来不是一种选择

第三辑 每朵花都有自己的春天

第四辑
谢谢你，给我温柔

第五辑
只要站直，就能撑起一片天

第六辑 坏孩子也有成长的权利

Part
第一辑
01

没有梦想，青春该多么苍白

也许，他的喜欢只是因为柳菲菲漂亮。他说不出来，心里像堵了一块巨石，疼得涕泪交流。他第一次觉得自卑，觉得自己一无是处。他目送柳菲菲离开的时候，仿佛看到了她在为梦想努力狂奔的光影，而自己，不仅没有前进，还不断地往后退。

被你追着我精神抖擞

文 / 龙岩阿泰

如果没有另一匹马紧紧追赶并要超过它，它就永远不会疾驰飞奔。

——奥维德

一

袁丽丽原本是班上成绩最好的学生，自郭小波转学过来后，她的“冠军宝座”就被他抢去了。这于袁丽丽而言，是一件很痛苦的事，要不，她完全没必要与郭小波这个“新来的”大动干戈，看见他就横眉竖眼。

一开始，袁丽丽对新来的郭小波倒还是挺热情的，她见郭小波身体瘦弱就警告班上的男生不能欺负他。袁丽丽是班长，在班上颇有些大将之风，说话果断，做事利落，在同学面前，说一不二，威信两个字或许就是这样建立起来的。

身穿校服，头发短短，身材高大的她，对班上的男生总是大呼小叫，一点都不淑女。她最恨别人说她“强壮”，那是她的死穴，只要谁敢说，她准缠住你没完没了。班上的同学都了解她，从来没有人敢越过雷池一步。

但袁丽丽看走眼了，瘦弱的郭小波再不像初来乍到的老实，他其实是个油而且滑的学生，巧舌如簧，头脑活络。没来多久，就和班上的男生称兄道弟，居然连一些女生也常常被他脱口而出的笑话逗得合不拢嘴。

更让袁丽丽伤脑筋的是，郭小波还是个智商很高的学生，别看他整天嘻嘻哈哈玩得不亦乐乎，但一到考试，他就显露出他的超常能力了。他来后的第一次考试，就以绝对优势一举夺走了长期以来由袁丽丽占据的“冠军宝座”，这让向来自视甚高的她情以何堪？

袁丽丽自我安慰，一次考试的成绩并代表不了什么，或许他正巧发挥好。但一到教室，她还是会把目光有意无意地落在郭小波身上，看看他在做什么，看看他有没有偷偷努力。学习认真的袁丽丽铆足劲儿，想一洗前耻，夺回一直以来都属于她的“荣耀”。

二

郭小波从来没有想过，他的出现，他的考试成绩居然会在袁丽丽心里引起轩然大波。刚来时，他就觉得袁丽丽是个挺特别也很有爱心的女生，她居然会去警告班上其他的男生不能欺负他。一直以来，都只有他郭小波欺负别人的份，哪轮得到别人欺负他，虽然个头小，但他机灵，捉弄别人是他的强项。

初来乍到，由于陌生，郭小波很安分，他表现出来的老实“欺骗”了大家的眼睛。才没多久，他就“原形毕露”了，整天一副嬉笑的样子，一开口就逗乐大家，成了班上同学的开心果。

短短一个月，郭小波就成了班上最受欢迎的人，特别是第一次考试，他以绝对的优势战胜袁丽丽后，班上的男生大有扬眉吐气的豪迈感。男生们拥护郭小波，虽然他个头最矮小，但大家都心悦诚服地叫他“郭老大”。

袁丽丽那个气呀，无法说出口。她气这群意志不坚定的同学，气他们才没多长时间就为他欢呼，为他喝彩，仿佛他是天外来客，一句无聊的话也能集体笑上半天。但袁丽丽不能表露出来，要不同学肯定会说她小心眼，说她输不起，有损她长期以来建立起的威信。但表情这东西，真是难以控制，一见到郭小波时，她就会下意识地皱起眉头，开口闭口一句“新来的”，

似乎是要提醒郭小波，她才是这个班的老大。

袁丽丽暗下苦功夫，不仅上课比过去更认真，就连晚上写完作业后，还刻意找了些课外练习来做。她期待第二次的考试早点到来，她已经做好充分的准备要与郭小波一争高下了。

三

袁丽丽翘首企盼的考试再次来临时，她灿笑如花，信心满满地准备应战。“我就不信，你郭小波是什么神人，成天嘻嘻哈哈玩得痛快淋漓，考试成绩还能再次赢过我?”表面上，袁丽丽镇定自若，心里却是乐开了花。憋屈了那么久，终于可以“一雪前耻”了。

考完试，袁丽丽一改过去发号施令的做派，热情地呼朋引伴，心情好，连声音也变得甜滋滋的。倒是班上的男生不习惯了，他们熟悉的袁丽丽可是个“强悍”的人，什么时候变得这么温柔了？女生也逗趣地说：“班长大人，今天捡到钱啦?”袁丽丽不以为意，她微笑地说：“我从来都很亲民的，只是你们不太了解我。”

“哦！红太狼变美羊羊了，我倒……”一个男生说完作晕死状，乐得大家哄堂大笑。

袁丽丽刚皱起的眉头一下又舒缓了，她告诫自己一定不能再生气，她要再次赢得大家的好感，就像最初那样，全票当选班长。她不仅要在学习成绩上与郭小波比拼，就是人缘，也绝对不能输给他。

郭小波看这边热闹，凑过来说：“什么事呀？大家笑得这样开心，也不让我分享一下。”

袁丽丽正想说话时，一个女生抢先开口：“我们班长今天突然间变得温柔似水，大家正闹着玩呢。”

郭小波转过头时，袁丽丽正看着她，一脸笑容，这让他颇感疑惑。他一直不明白，袁丽丽看他时，感觉怪怪的，好像有点讨厌他，但这会儿她又表现得那么友善。特别是袁丽丽说的那句“小波，你是新来的，我没关照好你，对不起哟！”惊得郭小波掉了一地鸡皮疙瘩。

“班长，春天都过去啦，你在干吗呢？我倒……”刚作晕死状的男生又一次晕死过去。

大家尽情喧哗，笑声快要掀翻屋顶了，连郭小波也捂住肚子笑得眼泪都流出来。

“笑笑笑！有什么好笑的？我是一个笑话吗？”袁丽丽故作正经，禁不住也笑趴在桌子上。

四

发卷子之前，袁丽丽又一次在郭小波面前表现出她的大度和友善。她热情地面对郭小波，俩人的关系较之以前拉近了许多。郭小波弄不明白袁丽丽“朝时晴夕时雨”的变化，不过，看见她笑，看见大家能够快乐地相处，他也就无所谓了。

只是好景不长，发卷子后，袁丽丽突然就像变了一个人。那几天里，随着每科试卷发下来，一公布分数，袁丽丽脸上的笑容，就一点一点地凝固了，最后消失得无影无踪。

“班长，丢钱啦？心情不好？脸如苦瓜。”那个老爱扮晕死状的男生不知趣地去逗袁丽丽。这一下捅到马蜂窝了，袁丽丽突然间就爆发了：“我丢不丢钱和你有关系吗？我心情好不好需要向你汇报吗？考那么差你还笑得花一样，我苦瓜脸不行呀？”

喧闹的教室一下安静了，袁丽丽的怒吼如一声闷雷，大家面面相觑，不知道发生了什么事。但郭小波听了袁丽丽的话，再把事情前后连在一起回想，他就明白了。

这次考试，郭小波又以绝对的优势赢了袁丽丽，特别是英语，那原本是袁丽丽一枝独秀，这次却让他占了上风，原来袁丽丽是不甘心输。于是，郭小波走到袁丽丽面前，说："怪不得对我横眉竖眼的，原来你是输不起！"

被郭小波一语道中心事，袁丽丽面红耳赤，心里很不是滋味。她知道这样不好，有失风度，但自己那么努力，还是输给了整天玩乐的郭小波，这让她如何承受？她倔强地反驳："你才输不起！你郭小波有什么了不起的？我一定会追到你，你等着瞧！"

"来呀，我等你追我，被你追着我精神抖擞。我倒是要看看，我们的袁大班长能不能追到我……"郭小波说。

面对郭小波的当众挑衅，袁丽丽一声大叫："郭小波，我一定要追到你！"话未完，教室里就乱成了一锅粥，掌声、哄笑声四起。

"哦！袁班长要追郭老大哟！"有同学在旁边嚷嚷。

待听清楚同学的话后，在嘲笑声里，袁丽丽羞得满脸通红。她偷偷瞥了郭小波一眼，见他正朝自己挤眉弄眼地笑，心里又怒气冲天。

"郭——小——波！"袁丽丽一声"狮子吼"，郭小波拔腿就跑，边跑边叫："救命呀！有人要追我！"

看着落荒而逃的郭小波，袁丽丽扑哧一声笑了，阴郁几天的心情顿时豁然开朗。

选自《学苑创造 · C 版》2013 年第 11 期

在青草疯长的那个年月，有些东西总是真真假假辨不清，比如友情和爱情，攀比和自尊。这些东西模糊而微妙，但是有个人能让你追赶，不也是件幸福的事吗？

做自己命运的设计师

文 / 李红都

从事一项事情，先要决定志向，志向决定之后就要全力以赴毫不犹豫地去实行。

——富兰克林

高中还未毕业，一贫如洗的家便已无力继续供他读书，懂事的他背着父母大哭一场，放弃了考大学的梦想。肄业后，他在家人的建议下在家门口的关林服装集贸市场做起了服装生意。

进货时一路风尘的劳累，寒冬酷暑中守摊的疲惫，让年轻的他深切地感受到了做生意的不易。两年后，关林镇的服装业开始走下坡路，很多摊主转让了摊位，另谋出路。

有人劝他：做生意太辛苦，弄不好还会赔钱，干脆你也转行吧。他犹豫了：是啊，创业真的挺辛苦，要不，也把摊位转让了，出去打工吧……

他把剩余的服装压低价格以尽快出售，同时四处打听，寻找适合自己的用工信息。

那天，一位已考上大学设计系的朋友来家里做客，几杯酒下肚，他忍不住将生意不顺，想转让摊位出去打工的想法说了出来，然后半开玩笑半认真地说："你是搞设计的，帮我设计一下未来吧？"

朋友说："为什么要把命运交给别人设计呢，你应该做自己命运的设计师。你未来要做什么样的人，过什么样的生活，选择哪一行，应该由自己来决定。别让眼前的困难迷住了登高远望的双眼，机遇有时恰恰就隐藏在危机里。”

一语惊醒梦中人！对呀，为什么自己就不能把握住自己的命运呢？懦弱无能，这不应该是他的个性。反复思考后，感到还是做已熟悉的服装生意更适合自己。于是他开始调整思路，设计自己的未来。

第二天，他便亲自跑市场进行考察，他发现，市场卖女装的供大于求，而男裤的发展空间则很大。之后，他调整定位，集中火力，做男裤代理。这之后，他很快就收回了成本开始盈利。

正当他踌躇满志地要将男裤生意做强做大时，一场突发的事件几乎将他打垮。那年的冬天特别冷，他到县里进货顶着寒风跑了一整天，回来后把三轮车停在院子里，便进屋吃饭去了。晚上，忙着清点账目，忘了货款和营业执照都放在院里的三轮车上没收进来……就是那一晚，灾难不期而至。

一夜醒来，货款不见了。他像被人当头猛击一棒似的，腿一软，瘫坐在冰冷的地上。要知道，那两万元的货款还是赊欠县里一个裤子企业的呀，这可怎么办？看着空荡荡的院子，他欲哭无泪。

冷静下来后，他强打精神找到那个裤子企业的老板说出了货款被偷的实情。为了尽可能地减少损失，他把家里仅有的几千元钱全部拿了出来，先还了一部分货款。然后以自己的摊位担保，承诺剩余的货款一定会陆续还上。

他的真诚感动了那位裤子企业的老板，老板答应让他一直做他们的裤业销售。因祸得福，那场意外非但没有打垮他，反而使他和那位老板成了最好的合作伙伴，他的裤业生意也做得愈发风生水起。

随后，他用淘到的第一桶金创建起了自己的企业。有了自己的企业后，他依然很辛苦，有时每天仅睡三个小时，吃两顿饭，但在他看来，这不叫辛苦，而是充实。有人说他是工作狂，每天那么忙碌是在透支生命，他却说：“我不是工作狂，我是设计师，我在努力设计自己的未来。我也不认为这样是在透支生命，我觉得是在锻炼意志和能力。”

正是凭着这种意志，他一步一步地将裤业生意做大，最终建成了一个年产量 130 万件的规模化现代服装企业，完成了从 800 元摆地摊起家的小商贩到拥有占地面积 28000 平方米、员工 1000 余人的现代化花园式企业董事长的蜕变。他就是洛阳浩洋服饰有限公司的董事长司马杰。

有人向他请教成功的秘诀，他说：“我不觉得成功还需要什么秘诀，如果说有，那就是，我听进了朋友的建议，没把命运交给别人，而是自己想办法设计自己的命运。”

选自《语文报》2014 年第 66 期

每个人在一开始都是空白的，亟待自己用彩色的画笔勾勒出最美最成功的自己。你的命运是掌握在自己的手里的，别人再风光，那也只是别人，今生，你要为自己活！

你让我们心怀美好

文 / 午言

朋友，可以把快乐加倍，把悲伤减半。

——马库斯 · T · 西塞罗

十五年后，郑阳终于联系上了我，他对我说，午言我等了十五年，终于说出了内心的话，谢谢你，你让我们一直心怀美好。

我们约在咖啡馆见面。

我和郑阳是小学同学，小四那年夏天，我离开了家乡，被父母安排进了市区的一所小学，分到了郑阳所在的班级。

十五年光阴改变了我们，可脑海中只有小时候的郑阳，圆脸、大眼、干净、细腻、搞笑。我边走边回忆那时的青涩年华，不知不觉到了咖啡馆。

站在对面的是一个个高出我大半头的阳光大男人，干净、儒雅，穿着很休闲，还是小时候常见的抿嘴笑，带着羞涩。

你没变，还是小时候的清水模样。郑阳见到我说。

哈哈，你变了，我幽幽地说，个子长高了。

我们笑。

童真留下的是美好，不是伤害

记忆的闸门打开，我们回忆起共同的童年。

郑阳说，你的出现着实在班里引起了一场波动，那时转学的学生不多，楼道里突然多了个漂亮的身影特别引人注目。“大嗓门”陈洁早就在班里宣传开来，我们都透过玻璃窗打量你呢，期盼你可以进我们班，我们还派出了陈洁去跟你搭讪。

嗯，的确有过一个女孩找我。我想起了那个片段，那时我独自站在楼道里等待老师的分班结果，还沉浸在失去熟悉的小伙伴的悲伤中。这时一个留着学生头的大眼女孩，笑眯眯地拉着我说：跟我走，大家都希望你上我们班。我看了一眼那个女孩，有惊也有奇，我想她是有多自大？上哪个班是由老师定的好吗？于是我只客气地说了声谢谢，仍站在走廊等结果。

郑阳说，其实那时两个班主任都想要你，因为你的作文写得好，她们甚至还想出了抓阄的方法。正巧陈洁、薛猴子、李公子我们一起找过去，向老师说明很想跟你同窗。也正是因为我们的出现，二班班主任才放弃你，这都是陈洁的主意。

我说，现在想来陈洁是多么好的一个女孩，那么早就懂得了争取。

“你却相反。”郑阳加了一句。郑阳说看到我时，三十六七度的天气都让他感到凉爽，许多年后他才用一个词准确地描绘出那时的感觉——一汪清水。但是那几年，他心里还有另一种担忧，清水只有流动着才能保持清澈，他总觉得有一天我终究会离去，而有时候他感觉我更像一缕雾气，随时都有可能被吹走。

那时的郑阳经常会在班里搞些新奇的点子，而且身边总有很多男孩子、女孩子围绕。到班里不久，我常常收到郑阳送的贺卡，可是每次我都会原封不动地冷冷地丢给他，不说一句话，甚至连看也不看他。那时的我只想着读书，考好成绩，做听父母老师话的好孩子，跟男孩子过多的接触当然

不是好孩子的标准，而且那时任何男女生之间的接触都会引来同学们的一阵嬉笑。

郑阳不喜欢读书，根本不会在乎别人的评价。很快他与我的“绯闻”就在班里传开，更让我难堪的是上体育课时，一个用大大的心形包着的我俩的名字出现在了墙上。同学们起哄地围观着，我哭着用校服袖子抹去墙上的名字……

郑阳说，对不起，那时从不会为别人考虑，只是一味地想着自己，让你受到那么多伤害。

我笑，童真留下的是美好，不是伤害。

你们对我的好，留在心中就好

还记得李公子和薛猴子吗？郑阳问我。

当然，都是我们小组的！

后来，我被老师安排与李公子坐同桌，薛猴子在我后排。李公子是一家品牌服装店老板的儿子，因为常是白色衬衫外套深蓝色的马甲造型，配着他稍胖的身形，就被同学们叫作李公子。

李公子总是一副憨憨的样子，成绩一直在班级倒数，老师安排我们坐一起，也是为了让我帮他提升成绩。那时我的确是心无旁骛地帮着李公子复习，可是李公子的成绩总不见好转。但是奇怪的是小升初考试，李公子却是一鸣惊人，成绩考在了班级前三，顺利考上重点中学。

再说起这件事，郑阳乐了。长大后我们再谈起这事，李公子说出了实情，他只有成绩不好，才能得到我更多的关心和帮助。所以他很多题故意不写或写错，为此，他没少挨爸爸的揍。

我撇下嘴，也跟着乐了。

郑阳笑，由爱生痴，薛猴子也有一套的。

薛猴子很瘦，是酒厂老板的儿子，人很机警，跑的速度极快，同学们就送了他一个绰号“薛猴子”。他没有郑阳的直白，也不似李公子的闷骚，郑阳说薛猴子一直想用恶作剧吸引我的注意：在我的作业本上画上蓝色脚丫，在我的书本上按上红色葫芦娃贴画，在我的衣服上贴彩色的卡通头像，甚至他还很用心地将坚果涂上色彩，再打上洞，用红色的线串成一个漂亮的手链，偷偷塞进我的书包。

只可惜……郑阳欲言又止。

可惜什么?

你从不放在心上，脸上既没有欣喜也没有吃惊。让他伤心的是，你发现那条链子后，扫了一眼，随手送给了围观的陈洁。

读书，干涉我读书的人都是坏人！我苦笑着对郑阳说。

不过陈洁很感激你啊，那个链子她一直珍藏着，前年她如愿地嫁给了薛猴子。我瞪大了眼睛，原来陈洁一直喜欢薛猴子啊！这么说我还做了件大好事啊!

郑阳被我逗得无奈大笑。

想起了那件让我记忆深刻的恶作剧。那是一堂语文课上，老师走到我桌前，照例要用我的卷子做标准为大家作讲评，我像往常一样从课桌抽屉里掏出我的红色书包。

突然间啪的一声，我扔掉手中的书包，哭着大叫起来。班里所有人都将注意力集中到我身上，语文老师更是一脸惊愕地把我揽在怀里。我指着书包结巴着说不出话，大家顺着我手指的方向看去，一条食指长的绿色大豆虫正在我的书包上挪着痴肥的躯体爬行……这件事惹怒了老师，老师还专门彻查了此事，可是最终也没有人晓得是谁做的。奇怪的是从那以后恶作剧再也没发生过。

这还是薛猴子干的，你的态度让他觉得自己不被注意，就想了这招，拿虫子吓吓你，没想到你这样怕虫子，哭得那么惨。这让薛猴子很内疚，他突然觉得自己一直在欺负你，那一刻，他告诫自己远离你，让你静心地

学习。

我很无奈地向郑阳耸耸肩：我一根弦，一次只能做一件事。又指指脑袋说，这里比较笨。

郑阳笑了：你只是成熟得比较早，知道什么对你重要。你跟我们不一样，家里没背景，也不是本地人，除了用心读书，为自己挣脸面外，别无选择。我也是后来才体会到你那时的处境的，只是有点晚了。

他面露惭愧，好像我那时的不好都是他没照顾到。

郑阳，谢谢你，你对我好，我是知道的。女生心中藏了很多小秘密，留在心中就好。

郑阳脸上露出惊喜。

没有开始的爱恋

我喝了口咖啡。你当我真的那么冷吗，我心里都清楚，只是我放在心里没表现出而已。如果当年没有你直白的宣扬，田七那帮早熟的小混混们还不早就骚扰我了。那时你是干部的儿子，谁敢惹啊？现在想想我也算上演了一出“狐假虎威”了！

郑阳被我逗乐了。我那时总是想如果一直不毕业该多好，可一升中学，大家就得分开，而且我爸妈早就为我安排好了全市最好的寄宿中学。这是贵族学校，你根本就无法选择，那时我真的希望时间能够停下来。

他低头摩挲着手中的咖啡杯，有点低落。少顷，他突然抬起头问我，午言，初一时你收到我写给你的信没？

那是一封我很想珍藏的信，里面藏着一个男孩子在爱情面前的自卑、忧虑、勇敢和模糊不清。甚至他直白地问，李公子、薛猴子和我，你喜欢谁？“不管结果如何，我都要让你知道，你是第一个让我心动的女孩。”

我是从班主任手中接过这封信的，那时学校出现过女孩子被寄来的信骗走的事情。信是谁寄来的？面对老师的不断盘问，我像一个做了错事的孩子，支支吾吾地答不上来。

老师不再追问，只说了句：姑娘，把重心放在学习上，这个对你才是最重要的。离开办公室后，我哭着把信撕碎，丢在垃圾桶里。这种事决不能让母亲晓得，我是她的乖女儿。

我不敢看郑阳的眼睛，低头拿勺子搅着咖啡。摇了摇头。

你写的什么，还能记起吗？我故意问道。

郑阳笑了下，我已经知道答案了。

我会意地笑，没有开始的爱恋才可以保持这份纯真的美好。

分别时，郑阳和我拥抱。对我说，午言，是时候放开自己了，为自己去寻找幸福吧！

我点点头。

选自《当代青年·我赢》2013年第11期

青春里的聚合跟分散，一如天边的云彩，虚幻而措手不及。那些拥抱过的肩膀总有放开的时候，重要的是，以后我们要学会怎么去走一段陌生的路。

做你想做的人

文 / [美] L. 罗恩 · 哈伯德　庞启帆 编译

有勇气做真正的自己，单独屹立，不要想做别人。

——林语堂

汤姆是马戏团的一个小丑演员，他的表演幽默滑稽，很受观众喜欢。然而，23 岁的汤姆只有一米二的个头，而且五官也不好看，为此，舞台下的他受尽了别人的嘲笑，更没有姑娘喜欢他。

这天中午，汤姆上街买东西，在路上，一个小丑装扮的人拦住了他。“可怜的孩子，你想改变自己吗？”小丑问道，汤姆看着小丑，没有回答。

“孩子，你的遭遇我非常清楚。”小丑说道，“我现在传授你两个咒语。念第一个咒语，你就可以将自己的灵魂转移到他人身上，替换掉他的灵魂，做你想做的人；念第二个咒语，你的灵魂就会回归自己的身上。你记好了。”然后，还没等汤姆反应过来，他就在汤姆的耳边轻轻念了两个咒语，并且告诉了他使用咒语的诀窍。

“你是谁？为什么要帮我？”汤姆惊奇地问道。

“我是一位天使，我来这里是专门为了帮助你的。”说完，小丑转身离开，瞬间消失在人流中。

灵魂转移？灵魂回归？汤姆东西也不买了，匆匆赶回了马戏团的宿舍。

回到宿舍，汤姆躲进自己的房间。“到底灵不灵呢？还有，我首先把自己的灵魂转移到谁的身上呢?”汤姆小声嘀咕道，最后，他决定:“就先从驯兽师施密特开始吧，这家伙指挥动物的动作实在是太帅了，孩子们很喜欢他，让我也来威风一把。”他在心里对自己说。

晚上，在施密特的表演即将开始时，汤姆迅速回到自己的房间，他决定马上开始试验。为了安全起见，他得躺在床上，这样就算在他转移灵魂后别人发现他的身体，也只会以为他睡着了。

汤姆给自己盖好被子，深吸一口气，然后念起灵魂转移咒语:“让我的灵魂进入驯兽师施密特的身体吧!”马上，汤姆发现自己站在了一头狮子面前。“奇迹发生了!”已经成功占据施密特身体的汤姆忍不住大声欢呼道。

观众与其他演员都奇怪地看着施密特，不，是汤姆。“施密特，你怎么了?”主持人走过来问道。汤姆回过神来，马上学着施密特的样子挥了挥手中的鞭子。不过，如此近距离地接触狮子，让汤姆感到头皮有点发麻。但他马上告诉自己:“别慌，狮子看到的不是我汤姆，而是与它朝夕相处的驯兽师施密特，不会有危险的。”

于是，他堆起笑容，潇洒地挥起了鞭子，指挥狮子做起跳跃、戏球、上高架单腿独立等动作。最后，他也像施密特往常所做的一样，把脑袋伸进了狮子口中，观众对他报以了热烈的掌声和欢呼声。

汤姆兴奋极了，在接下来的其他表演中，他不但完美地发挥了施密特的技术，还加入了一些小丑的动作。观众看得很过瘾，还不时发出笑声。

谢幕后，老板肯尼勒跑过来一把抱住汤姆，高兴地说:“施密特，你今天的表演真是太完美了!”

汤姆乐疯了。虽然他借的是施密特的躯体，但所有的一切都是在他汤姆的思想下指挥完成的，所以，今天的驯兽表演很大一部分功劳都是他汤姆的。其他的演员也过来祝贺，汤姆怕露出破绽，赶紧念起灵魂回归咒语

将自己的灵魂转移了回去。至于接下来的事情，就由真正的施密特去面对吧。不过，施密特肯定不知道是怎么回事，想到这里，汤姆笑了。

汤姆接着想做的人是英俊的杂技演员戈登，因为汤姆喜欢马戏团里表演空中飞人的姑娘娜塔莎，而娜塔莎喜欢的是耍杂技的小白脸戈登。汤姆知道娜塔莎不会喜欢自己，所以他只能把对娜塔莎的爱深深埋在心里。

然而，现在不同了！汤姆掌握了灵魂转换术。身材矮小、相貌平常的汤姆也可以是高大英俊的戈登，也能与自己深爱的女孩约会了。

第二天晚上，汤姆便把自己的灵魂转移到了戈登身上。然后，他就准备约娜塔莎一起去吃烛光晚餐。可是，就在他准备出门时，马戏团老板肯尼勒的老婆伊莲却找上门来了。

“老板娘，你……”汤姆疑惑地看着伊莲，伊莲迅速反锁上门，然后就朝汤姆扑上来。“放心吧，肯尼勒出去办事了。”说完，伊莲就将炙热的嘴唇印了上来。汤姆心中大骇，他马上明白了怎么回事，戈登与老板娘有奸情。

“我要去告诉娜塔莎，让娜塔莎看清戈登的真面目！”汤姆马上将自己的灵魂转移了回去，然后写了一张纸条，以最快的速度来到娜塔莎的房间，敲响房门，将纸条从门缝塞进去。

看着娜塔莎拿着纸条朝戈登的房间狂奔过去，躲在一边的汤姆笑了。接下来的事情正如汤姆所料，娜塔莎断然与戈登分了手，戈登被肯尼勒痛打一顿后赶出了马戏团。而伊莲，肯尼勒看在他们的孩子还小的份上暂且留下了她。但是，汤姆相信，伊莲从此再也不会有好日子过了。

这一切都是因为有了那位自称天使的小丑传授给他的咒语，汤姆心想：看来自己真的遇到好心的天使了。接下来，汤姆决定体验一下做老板的感觉，于是，他念起咒语将自己的灵魂转移到马戏团老板肯尼勒的身上。然而，当汤姆发现自己身处哪里时，就知道自己选择的时间错了，因为他正被一把枪指着脑袋。“肯尼勒，10 万美元，你什么时候还啊？”那人阴森森地说道。

“什么 10 万美元？我不知道你在说什么。”汤姆压制着心中的恐惧说道，他决定先弄清楚是怎么一回事。

“别跟我装蒜！两个月前你在赌场赌输了 20 万美元，到目前你只还了 10 万美元，白纸黑字，欠条上可是写得清清楚楚的。”那人大吼道。

我说这两个月怎么没发薪水，原来肯尼勒欠了人家 20 万美元。“浑蛋！这家伙太可恶了！”汤姆在心中骂道，但是他也不想肯尼勒死，毕竟当初是肯尼勒收留了他，才让他有了个安身之处。于是他道：“以后我一个月还两万美元，可以吧？我马上给你立字据。”汤姆知道，马戏团每个月的利润两三万美元还是有的。

那人收了字据，骂骂咧咧地放了汤姆。待那人离开，汤姆将自己的灵魂转移了回去。“看来做别人并没有自己想象中的那么美好。”躺在床上的汤姆喃喃自语道。

在接下来的日子里，汤姆做了电影明星、主持人、集团总裁、政客……然而，汤姆并不觉得开心，因为那些掌声、荣耀与尊敬并不是给予真正的汤姆的。

汤姆觉得累了，这天晚上，他躺在床上静静回想着这些天的疯狂经历。也许那个天使真的是想帮他，但他的灵魂却是躲在别人的躯体里，他永远做不了真正的自己。他得到的都不是属于真正的汤姆的快乐。

次日早上，汤姆来到了老板肯尼勒的房间，向肯尼勒提出了自己的要求：不要再去赌博，否则他就把他欠下巨额赌资的事告诉马戏团所有的人，而他也会选择离开马戏团。

肯尼勒对汤姆知道自己的秘密感到震惊，但他最终没有追问原因。“汤姆，你不能离开，马戏团需要你。我向你保证，不会再去赌博，今后与大家同舟共济，发展壮大我们的马戏团。还有，等我还清那笔债后，我就给

大家涨薪水。”肯尼勒保证道。

汤姆决定今后不再使用那两个咒语，他决定今后只做汤姆，做身材虽然矮小，但心灵美好、善良，能给大家带来欢笑的小丑汤姆。

选自《童话王国·原创版》2015 年第 2 期

每个人都是独一无二的。每个人都应该去找寻那个最真实的自己，做自己最喜欢的工作，努力成为想成为的那种人。就像村上春树说的那般贴切：去过属于自己的生活，不是所有的鱼都生活在同一片海里。

我这些年的离奇同桌

文 / 代孔胜

青春是没有经验和任性的。

——泰戈尔

关飞羽

在我读书那会儿，云南这边的幼儿园尚未普及。通常来说，大部分人走的求学路线都是学前班，然后一年级。

关飞羽是我一年级时候的同桌，孩子之间，不玩什么自我介绍，一起疯闹了半天也不知道人家叫什么名字。后来，老师点名，才把全班吓了一大跳。

南陲边镇，很多传统都还保留得比较完整，尤其贴门神，从不马虎。因此，几乎没有哪个孩子不认识关羽，张飞这两位名将门神。

关飞羽这个名字一出，可谓霸气十足，又是关羽，又是张飞，能不吓人么？可惜，这小子和我同桌六年，人一直瘦得皮包骨头不说，个头也不见长。于是，这个名字慢慢变成了大家的笑料。

小学四年级以后，他性格有了较大变化。成天拿着几个麻将牌在学校里晃来晃去，一下冒充中队干部没收低年级孩子的玻璃球，一下冒充年级老大四处收取保护费。

最离谱的是，他手里的麻将牌一直在变。今天拿的是九万一筒，明天可能就变成三条北风。我犯糊涂，只好问他是为什么，听完他的大论我才知道，原来他爸妈都好这口，成天扑在赌桌上堆长城，饭也不做，火也不

生。没办法，他只好偷走几个麻将牌出出气。

他爸妈被闹腾得不行，以为是家里出了贼。可想想也不对，小贼干嘛不偷别的，光偷几个麻将牌？关飞羽嘴硬，抵死了不承认。有次他爸急了，动用皮条严刑逼供，可这小子的名字也不是白取的，任他爸挥鞭如雨，他就是不说。没办法，只能作罢。

后来，他爸妈开了个小饭馆，算是戒了赌，从了良。

得意洋洋的关飞羽便在学校的操场上跟一帮兄弟大肆吹嘘他改造爸妈的血泪史，不幸，那天恰好碰到他老妈来学校找老师问成绩，结果，顺道成了他的秘密听众。

当关飞羽提起脚边的书包倒出一大堆花花绿绿的麻将时，他老妈忽然像猎豹一样冲了出来。

可想而知，关飞羽彻底应验了他这个名字——被打得飞天乱舞，羽毛一地。

白小刀

初二新来的同桌是个吊儿郎当的小光头，据说是因为数学考了 5 分，才被勒令留级的。

名气也够武侠，白小刀，连语文老师都禁不住问他，都 21 世纪了，怎么不取一个叫白小枪或者白小炮的名字呢?

那时候，学校忙着扩建，天天施工，白天吵得要命，晚上则电压不稳。可学校偏不让我们回去，得窝在教室里上晚自习。

由于电压不稳，供电不足，所以教室经常会陷入一片黑暗。因为学校规定过，如果停电超过十五分钟，就可以放学生回家去。故此，只要一停电，整个学校的学生们都会在黑暗里欢呼雀跃，兴奋不已。

大部分情况下，停电意味着放学。

那是个闷热的夏天傍晚，一百多号人坐在拥挤的教室里叫苦连天。白小刀说，要是停电就好了。前排的女生打趣逗他说，如果你念一百遍停电停电的话，那么，佛祖就会感应到，如你所愿。

不知是白小刀闲得无聊，还是脑袋短路，一个人竟真这么自言自语地念了起来。事有凑巧，还没念到一百遍，整个学校灯就灭了。顷刻间，暑热难耐的学生们都乐疯了，拍桌子、吹口哨，班主任都制止不了。

想不到却是空欢喜一场，不到两分钟，灯又亮了起来。语文老师像个泥塑一样黑着脸站在讲台上，乱跑乱喊的学生瞬间回到原位。只有白小刀一个人还站在课桌上闭着眼睛手舞足蹈。

全班哄然大笑，他一睁开眼睛就傻了，语文老师正面无表情地看着他忘情表演。

悲催的白小刀当晚差点没累昏过去——语文老师就那么一动不动地坐在教室门口，看着他在升旗台上跳了足足五千下。

最后，趴在升旗台上一动不动的白小刀只会说一个字了：水，水，水……

赵倩倩

高一上半学期，我总算有了读书生涯中的第一位女同桌。

高个，白净，人长得也不赖，可偏偏就是成绩倒数，命犯花痴。头几次数学老师说她就是绣花枕头一包草的时候，她还会大哭几分钟。可不到两个月，她似乎就练成“铁布衫”了，不管老师说什么，她都可以独自哼着小曲，不为所动。

她桌洞里的几本书，永远都是八卦杂志。什么几何定理三角函数她一概不知，可只要你一提歌坛影坛，她就没什么不懂，谢霆锋和王菲拍拖啦，刘德华爆出有隐秘恋人啦，等等，她都能讲得比娱乐电台还要专业。

后来，她喜欢上一个高三文科班的男孩子，成天嚷着要我帮她认识搭桥。那男生是学校篮球队的主力，人长得帅，学习成绩也挺好，每次打比

赛只要有他在，女生疯狂的尖叫堪比直升机的轰鸣。

憋了好久，她给那男生写了一封八卦体情书。其中内容和娱乐杂志上的消遣文章差不多，花花绿绿的色彩笔，看得人头晕。什么我在郭富城里遇见了你，想和你溜着范冰冰去周星驰（池）边喝饮料之类的。

那男生过了许久才回信，我同桌收到他的回信之后，激动得都快疯了。结果，那封信里，只有四大个字——天旋地转。

无奈，我这苦命的同桌苦苦央求我出马，人民币 1.5 元一封情书，硬是让我寻章摘句引经据典地替她写了整整十封文风典雅的情书。

说是十封，其实我只写了五封，班上后排男生的情书，大部分都是我代写的，我用“库存”替代了另外五封。事实证明，很多时候，资源反复利用，是会惹祸的。

谁知道，后排男生要追的那位文艺小女生，竟然是这位篮球王子的亲妹妹。这么狗血的剧情，竟然也能发生在校园里？

结果，篮球王子迅速给我同桌回了信，还是四个字——抄袭可耻。

我那同桌像是受了极大的委屈，哭了整整几堂课，恐怕到现在都还没弄明白当年这件事情的原委。如果能再见面，我想向她“退款”并道歉。

胡一歌

高二文理分班之后，数学学得一塌糊涂的我只能选择文科班。

胡一歌不一样，他是属于那种理科好得要命，有望直奔清华的优等生。当他提出要来文科班就读的时候，年级主任差点没气吐血。

所有任课老师都来劝解开导，像华山论剑一样，一个走了一个来，没完没了。后来胡一歌直接用自杀来要挟，老师们才一片叹息，任由他去。

文科班的老师都乐坏了，总算来了个好苗子。刚进班第一天，胡一歌就受到了大老爷的待遇，座位随便挑，想坐哪儿就坐哪儿。

胡一歌不知为何想不开，不坐前面，不坐中间，偏要跑来最后一排跟我挤。老师刚要说话，就被胡一歌制止了：“老师，我是远视眼。”

上地理课的时候，我试探性地问过这小子：“哥儿们，跟我说实话，你好好的理科状元，干嘛跑到我们文科班来？”

聊了半天才知道，胡一歌是为情所困。喜欢一个女生喜欢得要命，朝思暮想，为了不害相思病，只能跟着那女生一起报文科。

不过，还没等胡一歌那小子把情书写好，那女生就跟相隔一条走道的体育委员搭上了，胡一歌气得连请了三天病假。

书上说，为情所伤的人，大多都会身形憔悴，一夜白头。可胡一歌回来之后，非但不见半点此类迹象，头发乌黑不说，人也精神了不少。

后排男生疑惑不解，胡一歌故作高深地说：“同志们，这几天，我在家钻研佛法，总算有所领悟。红尘情爱，之后恐是与我无缘了……”

过了好久我才知道，这小子在市区的快餐店碰见了自己的初恋情人，于是，再度泥足深陷，无法自拔。

胡一歌最终没能上什么北大，很多人为此叹惋，他倒看得开：“人生不过是一次短暂的旅行，遇见什么风景不重要，重要的是看风景时的心情。”

这句话在后来影响了我很多年，前不久，我改了改，写进了日记的扉页里：“青春不过是一次短暂的相聚，漂向哪个海岸不重要，重要的是靠岸前的欢喜。”

选自《语文报》2015 年第 33 期

青春就是一次万人狂欢，在恰当的时候，遇上那一群恰当的人。

在青春里呼啸而过的倒洒金泉

文 / 何东

青春是多么可爱的一个名词！自古以来的人都赞美它，希望它长在人间。

——丰子恺

一

说李向南是云南省宣威市第六中学文笔最好的学生，一点也不为过。不说别的，光从写情书这一点来看，他就完全可以成为后人膜拜的大师。

大伙儿都知道，陈小旭和李向南平时好得可以穿一条裤子，可陈小旭第一次给喜欢的女生写信，就被李向南阴阳怪气地狠狠批评了一番。为此，陈小旭和李向南还大吵了一架。

陈小旭特不服气地说："向南同学，别以为自己有点文采就了不起，你别忘了，你的数学可从来都没有及格过。我的情书怎么了？情真意切，直抒胸臆，说实在的，我觉得一点也不比当年徐志摩写给陆小曼的差。"

"哎哟哎哟，得了吧，哥们儿，咱先不说信里有几个错别字，就冲你那股酸劲儿，就完全赶得上咱大云南曲靖市的酸浆米线了。你说你情真意切，我是真感受不出来，不说别的，你都写了快一页了，还没个主旨，这要是作文，能得 5 分都不错了。"

李向南这一番话，差点没让陈小旭吐血。

陈小旭气得一把扯住李向南的领口："小子，咱们就来个历史重现吧，哥哥给你一个活的机会，古有曹植七步成诗，今有向南八步写文。我宽松点，给你八步，如果八步之内，你写的东西不能打动我，哥直接把你从咱们老东山的倒洒金泉上扔下去。"

说到这儿，我就简要介绍下吧，倒洒金泉是宣威市的一个著名景点，位于乌蒙山中部，四季均有溪水直流山涧。而涧口终年大风呼啸，常把流下的清澈溪水从空中倒刮回观景台，似雾似雨，因此得名。

李向南笑笑："小旭啊小旭，一看你就没啥写作天分，看过周星驰的《功夫》没？里面火云邪神有句经典台词——天下武功，无坚不破，唯快不破，这一句，就是境界最高的写作手法。不管你写什么，进度一定要快，要在第一句就迅速调动起读者的积极性。如果你磨蹭半天都还没进入主题，那换谁都不想看下去。这信，如果是我李某人写，开头根本不必那么长，一句话足矣，就凭这一句话，我就可以把人物、时间、心情交待得清清楚楚，而且比你的还动人。"

二

事实证明，李向南确实是个文学天才，他才写下第一句，陈小旭就厚着脸皮要包下他未来一周的早中晚餐。

他第一句怎么写的呢？很简单。

"初次见你，是在流光遍地的阳春三月，窗外，刚下过一场惹人哀思的纷飞细雨。"

李向南开始夸夸其谈："兄弟，看见没？时间，阳春三月；人物，我和你；心情，惹人哀思。我没胡诌吧？比你那一大篇写的，是不是更让人有想读下去的欲望？"

"哥哥，我错了，为表歉意，你一周的早中晚餐，我全包了。如果哥哥胃口不错，想吃点宵夜，那也没问题。小弟只有一事相求，务必要将此文

写完。”陈小旭一副膜拜样。

李向南一听有这等好事，高兴得连说一串方言：“要得，兄弟一定给你搞呢板板扎扎呢！”（好、漂亮、出色的意思）

可惜，才刚因为这事吃过一顿早餐，李向南就被政教处请去喝茶了。那封感人肺腑虐心虐骨的情书还没来得及拆开，就被柳菲菲的班主任拿去了。

李向南不明所以，但看完老师提供的罪证，他便彻底无语了。陈小旭果然是个天才，不然，他怎么会把最后署名为“李向南”的部分都誊抄进去呢？此刻，李向南心里只有一句话：“天哪，不怕狼一样的对手，就怕猪一样的队友啊！”

李向南“大义凛然”，踊跃承担错误，说自己是一时大意，才犯了这等原则性的错误，请广大老师和同学们给予原谅。

李向南真是命苦，换做以前，发生这样的事情，肯定是悄悄私了。可今时不同，他恰好碰到新校长上任，而这位新校长正忙着狠抓学风，树立正反典型。毫无疑问，李向南当之无愧地坐上了反面典型的宝座。

三

学校不但通报批评，还给李向南彻底成名的机会，就是在下午两点十分的时候，通过全校的广播，大声朗读自己的检讨书。

收听这个广播的音响设备，每个班都有。以前是用来听学校官方通知和英语听力练习，现在，是用来听李向南的丰功伟绩。

陈小旭感动得热泪盈眶，说李向南完全就是现代版的武松，不但重情重义，还豪气冲云天。

李向南一战成名，他的朗读还没结束就被正义之师给掐掉了。

因为他说为了让全校同学都认识到他犯的错误是多么可耻，情节多么恶劣，他决定把罪证先给大家播报一遍。于是，第一段才刚刚念出，整个局势就完全失控了。

好事的学生们在班级里大喊："放过天才！放过天才！"

没办法，班主任只能把手机扔给李向南，让他通知家长。

李向南他爸爸是个爆脾气，当天他确实被狠狠揍了一顿。但用他的话说，他也没吃亏。因为他用班主任的手机绑定了腾讯QQ的黄钻和会员，直到毕业，班主任都没发现。

事情只能这么告一段落，但从此之后，李向南确实出名了。不说本校的学生没事儿就找他签名，就连别的学校的学生听说此事，都有人专程过来请他出山，高薪聘请他撰写情书。

可惜，李向南已决定金盆洗手，于是，他唯一写过的那封情书，便成了众多学生的膜拜神物，在民间疯狂传阅。

陈小旭因为此事，和李向南彻底结下了革命性的生死友谊。

四

不过，流言四起，柳菲菲大受干扰，曾一度饱受奚落，成绩一落千丈。可是，陈小旭并没有因此停止对柳菲菲的喜欢。

年少的时候，好像每个人都做过同样的事情。我们都天真地以为，喜欢一个人，就要大声告诉她，如果她不曾动心，那就必须通过自己的坚持来感动她——我们不知道真正的喜欢，是要让对方变得更好，而不是成为彼此的困扰。

柳菲菲主动约陈小旭出去春游，这件事，让陈小旭连续一周都跟打了鸡血一样兴奋。

在乌蒙山的倒洒金泉上，柳菲菲哭得像个泪人："陈小旭，求你了，不要再喜欢我，也不要再给我写信，更不要送莫名其妙的礼物给我。我不像你，有优越的家境，我只能靠自己，学习是我唯一通往梦想的途径。如果你真的喜欢我，就应该尊重我，而不是只顾自己的感受，打着喜欢的名号

来伤害我……”

倒酒金泉的溪水被大风吹送上空中，落成一地冰凉的大雨。

陈小旭站在雨中一动不动，好像也哭了。

他仔细把前尘往事好好想了一遍，他到底有多喜欢柳菲菲呢？他答不上来，他也不知道。他连自己将来要干嘛，梦想究竟是什么都不清楚，他又怎么能让柳菲菲变得更好呢？

也许，他的喜欢只是因为柳菲菲漂亮，他说不出来，心里像堵了一块巨石，疼得涕泪交流。他第一次觉得自卑，觉得自己一无是处。他目送柳菲菲离开的时候，仿佛看到了她在为梦想努力狂奔的光影，而自己，不仅没有前进，还不断地往后退。

五

陈小旭并没有因此奋发图强，励精图治，毕竟，生活不是电视剧，更不是小说。他有过改变的想法，但一切已经太迟，因为当他坐在教室里开始认真听课的时候，才发现，自己完全是在听无字天书。

没过多久，陈小旭就退学了。

退学前一晚，刚好是清明放假。陈小旭管他爸要了一笔钱，说要请全班同学吃大餐。

那晚，陈小旭和李向南喝得天昏地暗。最后，所有的同学都走了，唯独剩他们俩在KTV里，一遍又一遍地唱着五月天的《你不是真正的快乐》。

分别的时候，陈小旭紧紧抱着李向南说：“兄弟，希望你好好为梦想努力一次。我知道我已经没有努力的资本，可你有，你完全来得及，咱们兄弟俩，总有一个人要上大学，要扬眉吐气……”

那是李向南第一次掉眼泪。

后来，再也没人见过陈小旭。听说，他毅然拒绝了他爸让他分管家族企业的决定，只身去了上海，每天在车水马龙的城市奔波，只为送完当天的快递。

就在那个多雨潮湿的七月，李向南拿到了一所普通二本院校的录取通知书，陈小旭高兴得从上海坐长途火车回来看他。在宣威一中对面的巷子里吃炸洋芋时，陈小旭捡到一个皮包，里面有一万块钱。陈小旭说，见者有份，于是，死活要分五千给李向南。

当晚，李向南给陈小旭写了一封信，内容大致如此："兄弟，我知道那钱是你故意放在那里的，那皮包很久之前你用过，也许你已经不记得。我家境贫寒，确实急需这笔钱缴纳学费，我当你是借我，暂且收下。当然，我不会让你失望，在未来的两年里，我肯定会用我自己赚来的稿费把这笔钱还给你。"

回上海前，陈小旭独自去了趟倒酒金泉。他不知道自己退学的决定是对是错，但他很喜欢现在的自己，起码知道明天该干什么，起码知道自己并没有想象中那么了不起。

大风又带着溪水下了一场雨，在同样的地点，却再也不能拥有同样的心情。他坐在雨中，看着当日柳菲菲远去的方向，给自己发了一条短信。

"原来，青春就是一次让每个人都找到明天的旅程。"

选自《初中生学习 · 中》2016 年第 5 期

青春真的是命运安排的一次完美的巧合，人生开始进入新的分水岭，然后我们就碰到那些人，然后就形成了今天的自己。

没有梦想，青春该多么苍白

文 / 阿杜

理想是人生的太阳。

——德莱赛

网吧被逮

当赵栎精疲力竭地走出幽暗的网吧时，正碰上前来“搜人”的教导主任，一逮正着。虽然赵栎眼尖想逃，但他快，教导主任更快，连同赵栎在内，教导主任这次逮住了七名逃课学生。私下里，大家都管教导主任叫“恶魔”。

赵栎站在靠墙的角落，目光荒芜地盯着明亮的日光灯，耳畔是教导主任抑扬顿挫的说教声。他当然懂得沉迷网络的后果，可是那又怎么样呢？他的人生已经一团糟。父亲的离家伤透了赵栎的心，想到精神抑郁的母亲，想到她婆娑的泪眼，赵栎心里一阵抽搐。

写完保证书走出办公室时，天已经黑了。赵栎漫无目的地在街头溜达，他不想回家，待在空荡荡的家里只会让他想哭。母亲生病后被送去医院了，而父亲又重新组建了自己的新家庭。

路遇韩菲

“家是温暖港湾……”一家音像店传出的这句歌词，猝不及防地传到赵栎耳朵时，他不由自主地停下脚步，而眼中的泪却止不住地涌出。

好一会儿，对着街边的橱窗，赵栎发觉后边有人在看自己，立即抹去泪痕，转身。

“你干吗跟着我？”赵栎看清来人后，生气地问。

来人是韩菲，赵栎的同桌兼班长。

“我刚好走到这儿，没闲工夫跟你。”韩菲毫不客气地回敬了赵栎一句。

韩菲挺烦赵栎的，他爱逃课，害得她总是被老师批评，说她没负起班长的责任。可是，那么大一个人了，自己的行为还要别人来负责吗？韩菲想不通。她说过赵栎，但他不听，还和她吵了一架，骂她“多管闲事”。韩菲气坏了，决定再也不理赵栎。

见韩菲要离开了，赵栎急切地说：“既然遇见了，一起走走，有空吗？”

“叫我吗？”

“嗯！一起走走可以吗？”赵栎说。

他很想有个人陪自己说几句话，内心压抑得太久，感觉快要崩溃了。

韩菲沉默地走在赵栎身旁，她刚才其实已经看见了赵栎在流泪，但她想不通，这个看似叛逆的男孩，怎么会在街头流眼泪呢？

走了一会儿，韩菲突然听到赵栎的肚子传来“咕咕”声，于是说：“赵同学，还没吃饭吧？”

赵栎确实饿了，可身上没有带钱，只好窘迫地硬撑：“吃过了。”在女生面前，他要维护自己的面子。

“可是我还没吃饭，要不，你陪我去吃一点？”韩菲望着赵栎。

“班长开口，哪有不答应的道理。”赵栎尴尬地说：“不过今天得你请客，我是陪你的。”

韩菲笑着答应。

一碗清汤粉的温暖

走到街角的清汤粉店门口，远远就闻到了一股浓郁的香味，赵栎情不

自禁地咽了一下唾液。

韩菲表现得更是急切，她深深地吸了一口气，说："好香呀！我最爱清汤粉了，你呢？"

"我也是。"赵栋说，其实现在吃什么他都觉得香。

"老板……"韩菲叫来老板准备点东西，掏出钱来时，突然大叫一声："糟糕！我只剩 15 元了，刚才买书花了好多钱。"

赵栋盯着韩菲耸耸肩，无奈地摊开双手，他也束手无策。买两碗清汤粉还差一元，赵栋第一次懊悔自己不该把钱都花在网吧。

韩菲想了一下，对老板说："给我们煮 15 元钱的清汤粉，装在大碗里，行吗？"

老板爽快地答应了，很快，一大碗热气腾腾的清汤粉就端上来了。赵栋忍不住舔舔嘴唇，他太饿了。韩菲利索地盛了一大碗清汤粉，递给赵栋说："帮个忙，多解决一点。"

赵栋没客气，接过碗，吃得喷喷香。

韩菲小口喝了点汤，她看了眼狼吞虎咽的赵栋，嘴角绽放出一抹笑意。

赵栋吃了两大碗的米粉，还喝了碗浓香的汤，肚子终于饱了。抬起头时，正看见韩菲正在看他，不好意思地挠了挠头说："都被我一个人吃光了。"

"还好有你帮忙，我正愁吃不完浪费呢。"韩菲说。

一股暖流在赵栋心底涌起，温暖了他那颗孤单、倔强的心。

如果青春没有了梦想

一碗清汤粉拉近了赵栋和韩菲的距离。

两人信步穿行在人来人往的热闹街道上，韩菲显得兴致勃勃。

"赵同学，你有什么梦想吗？"韩菲不经意地问。

"梦想？我这种人还能有什么梦想。"赵栋说。

赵栋冷漠的回答让场面瞬间变得尴尬起来，韩菲意识到自己刺到了赵栎的伤心处，但思忖片刻，她还是继续说："你哪种人？你不就是我的同桌吗？梦想又不专属于谁。"

"有些事你不会明白的，你不懂。"赵栎淡淡地说。

"赵同学，我很笨吗？"韩菲撇撇嘴，一脸不服气。

"你是班长，哪会笨？我才笨。"赵栎见韩菲不高兴了，赶紧打圆场。

"我确实不知道你经历了什么事，但这和梦想有关系吗？每个活着的人都应该有自己的梦想，都应该靠自己的努力去追逐梦想，而不是为自己找借口。"韩菲说。

沉默了一阵，赵栎决定向韩菲敞开心扉，那些压抑在心底的痛苦早就想找个宣泄的出口。赵栎说出了一直以来让自己痛苦不堪却又无能为力的家庭变故，整个人突然就变得轻松了，他相信韩菲能够理解自己。

"赵栎，你真棒！如果我是你，可能会把事情处理得更糟，你那么爱你的妈妈，真好。"韩菲说，她终于明白了眼前这个男生为什么会突然在街头泪流满面。

"青春是我们的，梦想也是……如果青春没有了梦想，该有多苍白呀！"韩菲发自肺腑地说，她多想帮助赵栎走出家庭变故的阴霾。

一起保守秘密哟

临分别前，赵栎的情绪受到韩菲的感染，也变得快乐起来了。

他看了眼身旁青春洋溢的韩菲，问："你很幸福吧？你爸爸是不是特别好？"

"是很幸福，我爸爸……我觉得好，可能你觉得不好。"韩菲说。

赵栎愣了一下，不明白韩菲的意思。

见赵栎发呆，韩菲笑了起来："告诉你一个秘密，你得帮我保守，要不，我在学校可就混不下去了。"

这么严重？赵栎不知道韩菲会说出什么事来。

“你们眼中的‘恶魔’就是我爸。”韩菲说。

“什么？‘恶魔’教导主任是你爸？”赵栎情不自禁地嚷起来。

“小声点，你怕别人听不到呀？我从来都不敢声张。”韩菲笑着说，“你知道他的严厉，我的日子过得也没你想的那么舒服。不过，我有梦想呀，我每天都是在为自己的梦想而努力，和爸爸无关。”

“‘梦想是我们最好的伙伴，只要心里有梦想，你就不会孤单。’这句话是爸爸以前送我的，我现在送给你。”韩菲说。

走远几步，韩菲又转过头来：“赵栎，你得帮我保守秘密哟！”

赵栎伸手比了个“OK”的手势，笑着说：“没问题，我们一起保守秘密。”

赵栎走在夜色迷漫的回家路上，心中渐渐豁然，他读懂了韩菲的善意，也终于明白：青春是自己的，梦想也是，唯有自己过好了，才能更好地爱身边的亲人。

选自《学苑创造 · 7—9 年级阅读》2014 年第 23 期

青春本是色彩斑斓、天马行空的，若背负上某种压力，那会是一片苍白，犹如绿洲变成荒漠。

只有秃子，才能成为秃子的朋友

文 / 孔超

世间最平和的快乐就是静观天地与人世，慢慢地品味出它的和谐。

——三毛

今天，我要给大家讲个有趣的故事。

在天津老街，有一条幽深幽深的小巷，青森森的石板，已磨得光亮。路两旁，是高大虬屈的法国梧桐。在这条小巷的东头，生活着一个秃子，姓李，在家排行老三，学名叫李三，但不少人都叫他李三秃子。他那颗脑袋，光溜溜的，寸草不生，上面还有一道难看的大伤疤。

这一天，他刚出门，就碰上了邻家的小男孩。这个小男孩六七岁，粉妆玉琢的样子，十分讨人喜爱。小男笑嘻嘻的，故意拉长着声音："秃——子叔。"李三眼睛一瞪，做出生气的样子："叔就叔，什么秃不秃的，不准叫！"小男孩也不怕，摇晃着小脑袋："我偏叫，偏叫！"

李三乐了，满脸的皱纹都舒展开来。他从兜里摸索出几颗水果糖，往小男孩子手里一塞："就数你最顽皮，哪凉快哪呆着去。"小男孩得了水果糖，活蹦乱跳地跑了。

走到巷子口，李三又遇见一个人，巷子西头的王大宝，二十来岁，在不远的修车铺里当学徒。"秃叔，这是要上哪去啊？"李三脸色一寒，不乐意了："你叫你爹叫不叫秃？下回再这么没大没小，我甩你几个大耳刮子！"

见李三真生气了，王大宝忙打躬赔礼：“叔，瞧我这嘴，你老别见怪，别见怪。”李三也不理他，重重哼了一声，就出了巷子。

不远处，有个花鸟市场，李三正逛着，忽然听见有人叫他：“李三秃子——”李三抬头一看，脱口而出：“张二秃子——”原来是隔壁巷子的张二，跟李三一样，张二那颗脑袋也是光溜溜的，寸草不生。

“走，喝一盅去。”

“走！”

这两人一见面就热乎，手挽着手肩搭着肩亲热得不得了。

喝完酒，李三趁着微熏的酒意，往家里摇晃。刚进巷子，迎面过来一个人，是马老板。这马老板打小是跟李三一块儿长大的，这几年做生意，算是发达了。“三秃子，从哪喝酒来？”

“你喊我什么？”李三站稳了身子，硬着脖子质问道。

“切！你不就是秃嘛，叫叫怎么啦？”

“你再叫一声试试！”

“三……哎哟！”马老板那个“秃”字还没叫出口，李三就一拳砸了过去，两人很快撕打在一起。

事后，马老板主动向李三道歉，但是李三，却再也不愿搭理马老板了。

故事说完了，下面我要说的是：为什么这四个人同样喊李三“秃子”，但李三却反应迥异呢？对邻家小男孩是喜爱，对王大宝是严厉，对张二秃子是亲近，而对马老板，已经是愤怒了。

其实，这里牵涉到一个心理学上的问题，我在这里估且称它为“秃子法则”：秃子可以原谅弱者的冒犯，却不能容忍强者的挑衅，因为，秃子觉得这牵涉到自己的尊严。追根究底，是秃子的自卑感在作祟，面对强者时，秃子会自然而然地产生一种隐秘而强烈的自卑。这种自卑的外在表现，就是过分地维护自尊。

所以我要说：只有秃子，才能成为秃子最亲密的朋友。

“秃子法则”告诫我们：不管是面对弱者还是强者，我们都要保持一份平和的心态，对于小事小节，不妨一笑而过。有时候，看似很有骨气地维护了自己的尊严，却恰恰暴露了自己内心深处的自卑。

选自《考试报》2016 年第 22 期

面对弱者，我们应该以谦虚的姿态应对，给人以尊重；面对强者，我们不妨微微一笑，不露锋芒。

Part

第二辑

02

生活从来不是一种选择

当女孩到了花季年龄时，出落得格外美丽，上门提亲的踏破了门槛，她却始终都没找到可以依托的人。因为在关于那个下午的零零碎碎的记忆里，她总觉得自己曾答应过男孩什么，或者她根本就认为，那男孩就是她可以依托的人，这是女孩不曾与人道的秘密。后来，当她的年龄一天一天大起来，到了在乡村再不嫁人就成了剩女的时候，就去了远方一个城市的哥哥家。

有梦想的人都会闪闪发光

文 / 安心

理想如晨星，我们永不能触到，但我们可以像航海者一样，借着星光的位置而航行。

——史立兹

一

张子涵是个很平凡的女生，她不爱说话，也不爱与人交流，每天总是独来独往。

班上的同学当她是隐形人，她也乐于接受，毕竟不与人交往，不用面对别人关注的目光，于她来说是件特别自在的事。

她喜欢坐在安静的角落，一个人看着黑板发愣，或是想着自己的心事，似乎只有在角落里，背靠着墙，心里才会安稳。

只是每次她看见别人热闹地聊天，追逐打闹时，心里会起波澜。其实她心里也有过羡慕，希望自己能够像其他同学那样，快乐地玩耍，开心地笑，或是没来由地哼哼歌，可是自卑如影随形，她迈不出那一步。

二

刚毕业的华老师是张子涵的班主任，她很喜欢这群天真活泼、爱笑爱闹的孩子，可是一段时间后，她发现了一个奇怪的现象：任何时候，任何场合，张子涵都像一个局外人，她不凑热闹，也不说话，更不会参与。

这女孩怎么总是格格不入呢？一点朝气都没有。华老师不悦地想。

华老师喜欢有个性有思想充满朝气的孩子，像这样闷葫芦一样的女孩真让人觉得没劲。可是一次，华老师看了张子涵交上去的作文后，却是难过得眼角濡湿，深深自责。

那是一篇题为《我希望》的作文，张子涵在文中写道："我希望自己的听力能够好一点，再好一点，这样我就可以不用戴助听器了，我就可以清晰地听见老师上课的声音，听见爸爸妈妈温柔的叮咛，听见同学们欢快的笑声，不会因为没听清别人的话而被误会……"朴实的文字，却仿佛一枚针，让华老师坐立不安。在第一时间里，华老师联系了张子涵的妈妈。

原来张子涵小时候生过一场重病，由于药物的副作用，病愈后，她的听力非常弱。

刚上小学时，张子涵戴着助听器，小朋友看见了都嘲笑她是聋子。还有一个老师，误会她上课用耳麦听音乐，当众批评了她。委屈得泪水涟涟的张子涵低声解释，老师却大声斥责她乱插嘴，在老师没收她的耳麦时，才注意到那是她的助听器。

那以后，张子涵再也不戴助听器了。她也从来不愿意对别人提起这件事，这是她的伤口，是她把自己心扉紧闭起来的原因，她不想别人为此嘲笑或是同情她。

明白事情的真相后，华老师格外关注张子涵。她发现张子涵的眼中总有一抹淡淡的挥之不去的忧伤，她安安静静地坐在角落，像株没有生气的小花，让人心生怜爱。

三

班上的一个女生去参加唱歌比赛得了第一名，回来时，班上的同学都为她欢呼雀跃。还有一个长大后想当画家的男孩也在一次大型的绘画比赛

中获得了金奖，同学们奔走相告，整个教室都洋溢着欢快的笑声、掌声。

华老师为孩子们的才情而惊喜，也很好奇他们的梦想，于是组织了一场《我的梦想》主题班会。谈到梦想总让人无限神往充满激情，孩子们自信满满地宣告自己伟大的梦想：科学家、画家、医生、大老板、大明星、飞行员……五彩缤纷的梦想仿佛一颗颗闪烁的星悬挂在孩子们的天空，让他们看起来全身都散发出异样的光芒。

轮到张子涵上台宣告自己的梦想时，华老师的心莫名地紧了紧。果然不出所料，张子涵站在讲台上，她紧张得浑身颤抖，手紧紧握住话筒，低着头，半天没吭声。

“说呀！你有没有梦想呀？”

“就是，没梦想就下来。”

有同学在下面嘀咕，华老师听见后，走到张子涵的身边，搂着她的肩膀，鼓励说：“说吧，子涵，把你的梦想大声说出来。”张子涵抬头看了一眼老师，又悄然垂下，低声说：“他们都很优秀，是闪光体，可是我太平凡了。”

“平凡的人也可以有梦想呀，有梦想的人就不平凡了，都会闪闪发光，你也一样。而且老师知道你一直就有一个很神圣的梦想，你一直都在努力，不是吗？”华老师说。

教室里倏地安静下来，大家都屏住呼吸，想知道隐形人张子涵的神圣梦想。

“老师，你怎么知道？”张子涵好奇而又高兴地问。

华老师眨了眨眼，露出一个调皮的笑容说：“老师能够读懂你呀！来吧，把你的梦想告诉大家，他们都很期待哟！”华老师说完，又轻轻搂着张子涵，想温暖她，给她鼓劲。

在华老师的鼓励下，张子涵挺直了腰杆，鼓足勇气说：“我喜欢写东西，我的梦想是希望成为像安宁姐姐那样有才华的作家，写很多很多精彩的文章。”张子涵的话才说完，华老师就第一个带头为她鼓掌。

热闹的掌声中，张子涵害羞地又垂下头。

“子涵，把头抬起来，看着大家，你们都是一群有梦想的孩子，你们都是闪光体，老师为你们加油！”华老师拍了拍子涵的肩，又继续说：“有梦想，还要有行动，你们说对不对？”

“对！”大家异口同声。

“子涵同学观察能力强，文笔优美，而且细腻，还看了很多很多的书，你们说，她的梦想通过努力会实现吗？”华老师接着问。

“会！”

又一阵掌声响起时，华老师紧紧抱住了张子涵——这个一直深陷自卑，从来不敢对人言说梦想的女孩。在张子涵的眼中华老师看见了闪烁的泪花，她知道这是幸福的泪花，是一个自卑女孩走向勇敢的感动。

四

张子涵终于勇敢地迈出了第一步，她仰起头抹去眼角的泪，望着华老师，露出了笑容。

为了听清别人说话的声音，张子涵重新戴起了摘下很久的助听器，她要学会面对别人异样的眼神，她相信，习惯后别人也就见怪不怪了。她试着主动和同学说话，试着融入别人的圈子，与人交往。

同学们知道张子涵的情况后没有嘲笑，也没有同情，而是用真诚的友谊温暖着她曾经受过伤害的心。每天一下课，总有一群人围着她说话，或是一起唱歌。

张子涵和他们开心地聊天，快乐地玩耍，放声大笑，不再顾影自怜。她第一次感受到有朋友的感觉真的很好，脸上洋溢起甜美的笑容。

“子涵，你笑的样子很美！像个发光体。”同桌的男孩对她说。张子涵害羞地垂下头，心里却漾起了幸福的涟漪。“你们也是呀！”一会儿，她又重新抬起头笑着说。

张子涵相信老师的话——每个有梦想的人都会闪闪发光。她很庆幸自己在最美的年华里遇见了这样一群有梦想有爱心的人。

选自《黄金时代·学生》2014年第4期

拾起自己的信心，打开心扉，融入集体，青春年华里我们都是小小的发光体。

给父亲一所房子

文 / 李军民

孝子之至，莫大乎尊亲；尊亲之至，莫大乎以天下养。

——孟子

幼儿园大班的手工课上，老师安排同学们每人用彩纸折一座大桥，可萍偏偏折了一座彩色的房子，老师虽然没有批评她，但是同学们的嘲笑却使她伤心不已，落泪不止。

父亲下学来接萍，安慰她不要哭，下次按老师布置的做就行了。

萍却委屈地说，我心里老想着让父亲有一座房子，想着想着就折成房子了。萍为自己的痴心和失误颇不好意思。

父亲听了这话，表面上微笑着扮个鬼脸刮了萍鼻子一下，逗女儿开心，心里边却酸酸的，百感交集。

萍四个月大的时候被狠心的亲生父母抛弃在了山脚下，是现在的父亲恰巧路过发现襁褓中的她捡了回来才救了她的性命。那时，养父刚刚失去妻子，膝下无子女，处于痛苦中的他把萍视为己出悉心喂养。

这个40岁的男人并没有抚养子女的经验，他边学边做摸索着照顾这个小生命，逐渐长大的小天使成为他生命的全部。为了照顾孩子，他常常顾此失彼，甚至因为缺勤旷工而丢掉了工作。

萍到了上幼儿园的年龄，每天把孩子送去之后，他就跑到火车站、汽车站，帮助人们装车卸车挣钱养家糊口，交房租、买米面，艰苦度日。因

为家庭经济拮据，没有哪个女人乐意嫁给他。

萍人小鬼大，从其他孩子那里听说了自己不是父亲亲生的以后，从幼儿园一回来就问父亲这是不是真的。父亲面对才四五岁大的孩子难以启齿，不知所措。

可萍却像小大人似的，反倒安慰他："爸，我不是您亲生的也不怕，阿姨们说生的不如养的亲，您把我养大，您就是我亲爸！"听着萍的话，父亲心如刀绞，他把萍搂在怀里，泣不成声。

像他这么大年纪的人找一份工作很难，自己又没有积蓄做生意，只能找一些零活挣几个小钱。他为自己无力抚养萍而深感内疚，时常用手抚摸着萍的头暗自落泪。

迷信的父亲经常看着租住的简陋房子唉声叹气，顺口说出那句老年人常说的话："唉！这辈子如果不能死在自己的房子里可咋办啊！"

萍眼泪汪汪地望着父亲，很懂事地向父亲做保证："爸，等我长大了，我挣钱养活您，给您买一座大房子……"

萍亲手折的那座彩色纸房子后来就一直摆放在父亲床头的那张桌子上，他经常看看它，心里感到很欣慰。

萍上了中学以后，他也50多岁了，身体越来越差，只能做一些很省力的工作，收入也越来越少，常常入不敷出。他们原来的房子房租太贵，不得不搬到了离学校比较近的一排小平房里，萍则住进了学校的集体宿舍。

萍很开朗，生活如此艰苦，她从来没有怨言，也不怕别人小瞧，学习成绩在班里一直名列前茅，老师和同学们都很喜欢她。

要高考了，老师和同学们都鼓励萍报好一点的大学，对她寄予厚望。可是，她却毅然决定，就报本地的技工学校，大家了解她家的困难，只能表示惋惜。

父亲说什么也想让她考大学，可萍坚决表示，就要上技校，因为上大学需要一大笔钱，而上技校不仅不用交学费，而且三年以后，她就可以有正式工作，挣工资养活父亲。父亲拗不过她，只能面对现实，同意萍报了技校。

技校毕业，萍被分配在了煤矿，她的工作是在洗衣房给矿工洗工作服。洗衣房的职工是清一色的女工，几个如花似玉的姑娘对自己的工作并不满意，但对煤矿女工来说，在煤矿里再没有比这个清闲干净的工作干了。

萍和她们不同，有了工作就有了一份收入，她给已经60岁的父亲分担了忧愁，她很满足，也很快乐。她从不感觉到累，从没有叫一声苦，别人懒懒散散不想多干活，她不仅把自己的工作干了，还帮助其他人干活。

在别人羡慕的眼光下，萍竟然向领导递交了申请，要求调到又脏又累的洗煤厂上班。洗煤厂是三倒班，除了白班还有夜班，许多女孩子受不了想方设法都要调出来。萍的做法让许多人不理解，但是只有她自己心里清楚，她需要多挣一些钱，只有这样，才能早日实现为父亲买一所房子的梦想。

不久萍有了对象，是同在洗煤厂一个车间的男工。相处一年多，在有两家人参加的订婚仪式上，萍深情地对父亲说："爸，我找的这个人，不仅真心爱我，不嫌弃咱们的家，而且还愿意和我攒钱一辈子孝敬父亲。"她郑重其事地交给父亲一个小盒子。"这是我们俩送给您的礼物！"

在大家的注目下，父亲双手有些哆嗦地接过小盒子，慢慢打开，盒子里，红色的绒布上，萍儿时在幼儿园给父亲折的那个彩色纸房子旁边，放着一串银光闪闪的新房子钥匙。

父亲激动得老泪纵横，前言不搭后语："好女儿，好女婿，这……怎么好，这……太好了！萍，我们有自己的家了！爸以后就不用发愁死在别人的房子里了！"

萍和父亲相拥而泣，他们流下的是幸福的热泪……

原来，在岁月的风声里，有些梦想一直铭记于心。即使努力的过程千辛万苦，遭遇磨难，但因为爱的存在，所有的黑暗都可以化为幸福来临前

的光芒。给父亲一所房子，就是给自己的爱安一个温暖与无悔的家。

选自《语文报》2015 年第 44 期

有些爱一直在，有些承诺终会实现。我们存在的价值是什么？就是爱自己所爱的人，怀着感恩的心，奔向幸福。

门前那张小条凳

文 / 李曼

在各种孤独中间，人最怕精神上的孤独。

——巴尔扎克

红砖平顶的三层楼房，被白色的石灰粉饰着，散落地分布在这个村庄。寥寥可数的几棵树，还有纷杂的荒草将各家各户的院落分开将近四五十米，这与我过去所见的村落有些迥异。我以为今天的农村仍弥漫着热闹的气息，村民之间会一直保持着亲近的往来。但眼前的距离，却弱化了我的这个印象，路上行人并不多，村道上、田野里，只是偶见几个老人或农妇。

房东的家也是三层，从外观看，大概不过十年的光景。这个家应该人丁兴旺吧，这么想的时候，我却发现从我来的那天起，偌大的房子里除了我们几个，就只有一位主人了。

她个头不高，很胖，走路几乎是在挪步，慢慢地从堂屋到厨房，从柴火间到卧室。她的活动范围很小，我没见她上过二楼、三楼，她家的门口可能是她呆坐时间最长的地方。每天，一张小条凳，一篓子花生，她就这么静静地坐在门前，一边剥花生，一边看我们进进出出。

她家房子的北面，有一大片菜地，白菜、大蒜、藠头等，在这个安静的地方悄然生长且翠绿鲜嫩。

她为什么总是默默地望着我们？不信任我们？怕我们拿她家的东西？可她的眼里并没流露出敌意。那是为什么？还有，她这么胖，胖得走路都很慢，谁帮她种了那么多菜？那些种菜的人呢？我一见到她，心头就掠过

这些疑问，但她每天不说话，我只能把疑问放在心里。

一天，徐师傅买了鱼，忘了买大蒜，我便想着她家的地里去摘几个。于是，我下楼，她仍旧默不作声地坐在小条凳上重复着一个动作。我小心翼翼地说：“婆婆，我到你家地里扯几根大蒜，算我们买，好吗？”她摆了摆手：“你尽管去扯，不要钱不要钱。”

不要钱？这让我十分意外，是不是因为我扯的不多，她不好收钱？我说：“这样吧，我多扯点，按街上的价钱给你。”她急了，颤巍巍地站起来说：“不要不要，真不要钱。”那一瞬间，我从她的眼里看到了友善，是真诚的友善。

这天，我跟随队员们一起去野外，回来后，她依然是一个人坐在小条凳上，我向她打招呼：“婆婆。”她高兴地指了指身边的另一张小条凳：“坐，坐，坐……”然后说：“你们搞地质的蛮辛苦，你也要像这些丫仔一样到处跑？”我摇了摇头：“我是来出差的，我不辛苦，还是这些丫仔辛苦。”

“婆婆，你多大年纪啊？”我开始跟她拉家常，她说 61 岁。啊？我吃了一惊，才比我大十几岁，我怎么叫了她婆婆？我有些不好意思。她笑了，说：“我很老是吧？很多人都以为我有 80 岁了。”嗯，是啊，我心里这么想，她确实挺显老，但我没说出来。她说，过去她可能干了，种地、挑担子、打零工，样样都能干。现在却落了一身的病，关节炎很严重，走路都走不了多远。有的时候疼起来，真想把这两只脚给剁了。她还有高血压，难受时恨不得死了算了。我赶紧安慰她：“现在医学这么发达，这些病是可以看好的。”她说：“看不好哦。如果不是我身体不好，我都跟老头子出去打工了，这整天坐在家里，太孤独，闷死了。”

是啊，我明白了，她每天看着我们，是想找人说说话。这不，话匣子一打开，她是哪里人，有几个儿女，有几个孙子，儿女的故事，孙子的故事都一股脑儿地说给我听。坐了一会儿，我站起来，走出房间，她也很费劲地站起来，跟出来对我说，她种了很多藠头，并告诉我，南昌生米镇这个地方盛产藠头，而且出口到日本，日本人最爱吃生米的藠头了。

这时，正巧山东地矿局的同行从车上下来，她便告诉我："我们生米的藠头，就像山东的苹果一样有名。"我没想到足不出户的她竟然懂得这么多，我笑了。山东人没听懂她的话，问我她说什么，我复述一遍，山东人也笑了。

后来，她家的地里来了一个男人。她高兴地对我说，那是她的老头子。"老头子"看起来大概五十四五岁，比她年轻，抬头看了我一眼，很客气地跟我说了两句话，然后继续低着头锄草。"我老头子在镇上给人家管仓库，每隔一段时间，他就回家看我。"她说这个话的时候，眼里满是欣慰。

这时，一缕风吹了过来，是春风，风里带着暖意，空气中飘着菜叶泛碧的清香。她坐在田垄上，温存地一会儿望望地里的蔬菜，一会儿望望她男人。

第二天，男人又不见了。

我归队时，向她道别，她仰着头问我："你还会来吗？"这个物探项目做完了，项目组就得进入下一个地区，因此我不敢承诺我会再来，但又怕她失望，只能笑笑。

不管我还会不会来，我都希望有一天她能从小条凳上站起来，就像她当年那样，利利落落、轻轻松松地迈开脚步，走出这个门口，走出这个村庄，在宽阔的天地间感受温暖与繁华。

选自《考试报》2014 年第 38 期

不知道为什么，我突然想起自己的父母，或者是其他孤苦伶仃的老人们。出于各种各样的原因，这些老人晚年孤单，儿女们真的应该多些陪伴，给老人一些安慰。

十八岁的打工

文 / 冠豸

经验就是熟谙事物的总体。

——胡克

一

那年，我 18 岁，高中毕业，没考上大学。对于从乡下高中出来的毕业生，没考上大学我一点都不难过，但我的农民父母却不能接受。

班主任建议母亲让我回去复读一年，但我就想着出去打工，外面精彩的世界让我神往。

邻居奎子回乡探望生病的奶奶时，我就整天往他家跑。奎子是我小学同学，初中没读完他就偷偷跟着村里的打工人外出了。这些年来，他每隔两个月都会往家里寄钱。我很羡慕他。18 岁了，真不忍心看着父母每日早出晚归的操劳。

奎子有些犹豫："你真的不想读书啦？可别后悔哟！出门打工很辛苦的。""我知道，你能吃的苦我也能吃。"我平静地回答他，奎子没再推诿，答应两天后让我跟他一起去福建泉州。

二

天刚露鱼肚白时，在父母殷殷的叮嘱声中，我挥手告别了家人。汽车扬尘而去的刹那我是亢奋的，内心里洋溢着燃烧般的激情。这是十八年来，我第一次远行。

经过十几个小时的颠簸，汽车在傍晚进入泉州市区。当我睁开惺忪的睡眼时，眼前是一片浮光跃金的海湾，海湾里搁浅着几艘古老的大船，还有数不尽的小船。虽然锈迹斑斑，但在晚霞的渲染下，却也闪烁着耀眼的光芒。内海的缘故吧，感觉不到海的浩瀚，停泊着的船只有些落寞。车一转弯，迎面而来的是栉次鳞经的高楼。昏黄的街灯下，汽车、行人，密匝匝地把街道挤得水泄不通，喧闹声、喇叭声不绝于耳。

走出车站，眼前只有人和汽车，已分不清东南西北了，我紧紧抓着奎子的衣角，怕一转身就走丢。“热闹吧，城市就是不一样，车来车往，霓虹闪烁。”奎子说。“嗯！怪不得人人都想出来打工。”我附和着说。

“城市是富人的天堂，这些天你可以先住我那儿，明早我出工后，你自己到市区看看，有没有招工的。如果找不到事干，可以先在我们工地做着，有合适的再找……”奎子一本正经地说。我忙点头，一脸感激，在这陌生的城市，奎子是我唯一的依靠。

我买了一张泉州市区图，在奎子上工后，一个人跑到城里。我一边熟悉这个城市，一边找工作。奎子干活的工地离市区很远，在心底里我并不喜欢那个尘土飞扬的工地。坐在公交车上，随着车子的开开停停，我宛若一尾游荡在城市的鱼。

跑了三天，我居然连一份有用的招工信息都没有看到，颓然回到奎子住的工棚，仰面躺下，我疲惫得说不出话来，心里却盘算着先在工地做一段时间再说。口袋里的钱不多，而且还是父母卖了几只鸡，还有两大筐莲藕所得，我不能随便花掉。奎子说了，工地的工资不是很高，但每个月可以结一次，相比其他地方还算不错了。

我把自己的想法告诉奎子时，他一口答应马上带我去找工头相叔。因为农忙时期，工地缺人，相叔看了看我的个头，爽快地答应了，还因为我上过高中，他特别照顾我去仓库管理材料。

三

第二天，我就和奎子一起上工了。奎子是泥水工，很辛苦，他每天都得戴着安全帽站在高高的脚手架上砌砖。别看奎子年纪不大，但已经出师两年，完全可以独立了。初秋的太阳依旧炙热，火似的传出股股热浪。

材料库在工地的最左边工棚里，很宽敞也很杂乱，里面堆放着各类型号的钢筋、推车，还有叠豆腐干似的大堆水泥。材料库原来是相叔的弟弟在管，我接手后，想当面和他一起把物品点清楚。找过他几次，他却一次次推说没时间。我估计这里面可能有问题，于是在相叔来巡察时，我和他说起了这件事。相叔思忖片刻，让我着手把物品先清点一下，傍晚再把单据交给他。

晌午时分，相叔的弟弟骑着摩托车从外面回来，看我忙着清点物品，有些恼怒地骂："谁让你清点的？你是不是吃饱了撑的？"我没理他，初来乍到，我可不想替人背黑锅，这材料库一定得清点，要不，我宁愿到脚手架上挑砖块。

见我没理他，相叔的弟弟怒气冲冲地跑进来，他使劲地推了我一把，没防备，一个趔趄，我一头撞到推车手把上，额头上碰出了血。"你干吗？"我叫嚷起来，年轻气盛，我站起来后，也趁他不备时一下把他掀翻在地，还在他头上猛揍了两拳。

工友们跑进来拖开我们时，我和相叔的弟弟都挂了彩。我额头上的血流了一脸，他也浑身血迹斑斑。我清点出来的单据早被他撕烂，奎子从高高的脚手架上下来时，我已经在相叔的办公室。

"我猜想这材料库可能有问题，想盘点清楚，他百般阻拦，刚才见我在清点后就进来打我……"我如实说。他耷拉着脑袋，手捂着伤口，一直没说话。我瞥了一眼相叔，他一脸凝重，抽着闷烟。我突然想到他们是亲兄弟，想到了他的为难，于是说："我想，我还是走吧！那材料库你自己清点一下。"我留了台阶给相叔下，聪明的他一下就明白，没有挽留我，只是算足了一个月的工资给我，让我休息几天再去找其他工作。

在伤口愈合前，我幸运地在园中园酒店找了份服务生的工作。我想我是该独立了，既然出门打工就得自己面对。

只和奎子一个人告别，我离开了仅待了 12 天的工地。望着高高的脚手架，我默默地离开，心里没有喜悦，也没有忧伤。

四

酒店的制度很严，开始的半个月里，我每天和一群新招聘的服务生一起练习托盘、微笑、走路，很无趣的几个动作一直重复。对着镜子微笑，笑得脸部肌肉都在抽搐，托盘更累，开始几天，手腕酸得不会端碗吃饭。

正式上岗后，倒也游刃有余，还别说，真得感谢那半个月的强化训练，站姿、坐相、走路颇有几分专业人员的味道。穿上西裤、皮鞋，套上白衬衫、打上领结，再配上那套绛紫色的马夹，连我自己都感觉有几分帅气了。

一天晚上，相叔和奎子一起来找我。奎子说，相叔的妹妹新开了一家酒店，正想找一个大堂经理，他想请我去。

我奇怪地望着相叔，相叔微笑着点头，说："你愿意去吗？"我突然就想起他的弟弟，说："不大好吧，你弟弟不会欢迎我的。""呵呵，你还记得那臭小子，没事，这是我妹妹的酒店，和他无关。当我妹妹问我有没有适合的人选当酒店大堂经理时，我第一个想到的人就是你。"

"为什么是我？"我好奇地反问。

"你做事很认真，有原则，而且待人不卑不亢，是做大堂经理的最佳人选。"相叔说。从他的目光中，我看到了真诚的邀请，于是想了想，说："那要给我一点时间，我得先跟老板说说，辞去这边的工作再过去。"

相叔肯定地点头，他离开后，奎子留下来。奎子说："小杰，相叔很欣赏你，好好干，你比我有出息。"我笑，很感激奎子把我带出来。

奎子还告诉我，相叔把他弟弟开除了，现在他弟弟在一家工厂做鞋子，那次我离开后，相叔亲自清点了材料库，真是不查不知道，一查吓一跳，他弟弟居然背着相叔偷卖了不少钢材和水泥。"相叔当时很后悔让你走，他说你办事他放心。”奎子说。

五

后来的事情发生得很突然，连我自己都始料不及，有点像电影里的“天降大喜”。

在我向酒店递交辞呈的那天中午，我接到了父亲从老家打来的电话。他告诉我一个喜讯——一所中专学校录取了我，离报名时间还有半个月，他要我赶快回去准备准备。

我出门打工已经有两个月时间了，我没想到，居然会有一纸通知书寄给我，让我继续读书。虽然只是一所普通中专，但我还是充满喜悦，能继续读书，谁还会愿意去打工呢？

我匆匆打点好行囊，当天下午就跑去找相叔，在工地，我遇见了奎子，他说，相叔不在。我把我的喜讯告诉了奎子，奎子说他要好好为我庆贺一下，我欣然接受。

第二天上午，我还是没有等到相叔，只好给他留下一封信。我说明了我离开的原因，并且感谢他在这个陌生城市里给予过我的帮助，他曾经对我的认可，我会谨记在心里。

离开泉州时，我无限深情地回望着这个繁华的港口城市。汽车在飞速地行驶，上高速路时，我再一次看见了那片蔚蓝的海湾，晌午的阳光下，浮光跃金，鸥鸟翻飞。

选自《三月三·故事王中王》2012 年第 2 期

年轻的时候，总是天真地认为外面真好，所以一心想去外面。后来才发现，现实真的很残酷，人总是在经历后才能长大。

生活从来不是一种选择

文 / 安一朗

青春是人生最快乐的时光，但这种快乐往往完全是因为它充满着希望，而不是因为得到了什么，或逃避了什么。

——托·卡莱尔

一

林萧雅是实验高中一年级的学生，班上的同学都称赞她是“运动会宠儿”，因为她的爆发力特别好，身材修长，步间节奏快，蝉联了三次市中学生运动会的 100 米、200 米冠军，是校长钦点进入实验高中的体育特长生。

实验高中是省重点中学，升学率在全省名列前茅。因为招收了许多特长生，在其他领域也时常有学生获得不错的成绩。用班上同学的话说，林萧雅能进实高，全凭她那双“飞毛腿”，校长指望她在省运动会上争金夺银，为学校争光。林萧雅自己也是这样想的，她都规划好了，跑步是她的天赋，她要靠着这双腿跑进体育大学的校门。

然而，天有不测风云。林萧雅在运动会前期的训练中不仅拉伤了腿部肌肉韧带，而且脚跟腱撕裂，医生宣布她再也不能进行激烈运动了，否则很可能会留下残疾。林萧雅傻了，她的“飞毛腿”再也不能跑了，她还是林萧雅吗？校长和班主任一脸惋惜，但他们还是宽慰正沉溺于痛苦中的林萧雅，让她听从医嘱，安心治病。

二

班上的同学轮流在放学时到医院陪林萧雅，给她补课，讲笑话给她听，大家想尽一切办法逗她开心。可是林萧雅想不开，这个“运动会宠儿”再也不能发光发亮了，她凭什么再留在实验高中呢？其实不想走，但她感觉自己留下了，也只能是实高的负担。她的文化成绩一般，在特长班里也就中等。

细心的班长卢月看林萧雅整天眉头紧锁，唉声叹气，知道她一定有心事，于是循循善诱，终于让她说出了心里话。“卢月，你知道的，我能进实高，凭的完全是我的跑步特长，但现在我的特长没有了，我的高考还有戏吗？”林萧雅难过地说。

卢月听了，心也随之纠结起来，是呀，特长班的学生，如果没有了特长，凭什么赢过别人呢？她静默地想着，一时也没了主意。空气在一瞬间似乎凝固在两个人中间。

“林萧雅，要不你继续画画吧！”进来的是杨洁如，她刚听到了她们的对话。杨洁如小学时和林萧雅在同一间画室学过几年画画，如果后来林萧雅不是身体条件好，被体育老师选去练短跑，估计现在还和她一起画画呢。杨洁如清楚地记得当年林萧雅画画很有天赋，常被画室的老师表扬，那时，她还很不服气呢。

杨洁如提起往事，林萧雅才记起自己确实在很小的时候学过几年画画，后来练了短跑，画画就被搁在一边了，只是偶尔依旧会信手涂鸦。林萧雅的心动了，她想，或许上帝在关上一扇门的同时，又为她打开了另一扇窗。

三

林萧雅找到了自己前进的方向，脸上又重新绽放出笑容。还在医院，她就让杨洁如帮她准备好了各种素描书和画具。她如饥似渴地大量阅读各类绘画技巧的书籍，她说她要把以前损失的时间补偿回来，她还对着石膏像画了很多的素描作品。

出院后，林萧雅在杨洁如的陪同下，一起去画室报了名，她决定一切重新开始。

林萧雅投入了巨大的热情，腿伤的阴霾一扫而空，当然，她也没有忘记学习文化课。画画、学习，林萧雅过得充实而自信，班上的同学，见林萧雅重拾快乐，也为她高兴。

“你画的是什么呀？乱七八糟的。”一天在画室，林萧雅正在画画时，一个还在读小学的学弟，站在她边上看了一阵后说。

“去去去！有你小孩插嘴的地方吗？”杨洁如不悦地把那小男孩赶走。

林萧雅愣住了，她停下笔，看着自己画了半天的素描作品不语。这是一幅她自己很满意的画，却被一个小学弟说成“乱七八糟”，她的心乱了。

“别理他，那小屁孩懂什么呀？林萧雅你是最棒的。”杨洁如安慰她。其实经过几个月的时间，杨洁如已经知道林萧雅当年的绘画天赋已经在流逝的时光中湮没了。她心里急，但她又不能如实告诉林萧雅，怕在她的伤口上再撒上一把盐。杨洁如对于自己提议林萧雅重新学画画感到后悔过，但她现在却没勇气收回当初的话。

“萧雅，我记得你当年漫画画得好，老师说你很有创意，要不，你主攻漫画。”杨洁如说，她退了一步，语气里也少了以往的坚定。

林萧雅默默地注视着自己的画，思绪游离……素描？漫画？是呀，记得当年的老师是曾夸过自己的漫画很有创意，要不就主攻漫画吧，林萧雅想，刚刚被打击的自信又慢慢复苏。

漫画或许真的更适合林萧雅吧，她看着自己笔下生动的画面，重新燃起了希望。那个时候，美少女漫画家夏达的故事正炙手可热。“或许几年后，我也会成为第二个夏达。”林萧雅美美地想。热情一发不可收拾，除了学习，她又把所有时间都用来创作漫画了。

卢月见林萧雅如此拼命也为她高兴，毕竟想做好一件事，热情是非常重要的。但杨洁如却又开始担心，凭她多年学画的经验，她知道林萧雅走的是一条死胡同。

说还是不说呢？杨洁如矛盾不已，是她提议情绪低落中的林萧雅重新学画画的，也是她提议她主攻漫画，现在再告诉她她不适合漫画，她会不会以为我在捉弄她呢？杨洁如如坐针毡，犹豫了很久，还是把心里的想法告诉了卢月，让她帮忙拿主意。

卢月相信杨洁如的判断，大家的出发点都是为了林萧雅好，但否定别人梦想的话，怎么说出口呢？

杨洁如考虑了很久，推心置腹地与林萧雅进行了一番谈话，结果不出意外，两人不欢而散。林萧雅觉得杨洁如开始小心眼了，一定是害怕自己在画画上超过她，所以百般挑剔。一会儿让她画素描，一会儿让她主攻漫画，现在居然让她不要再画了。

她想好了，自己就走创作漫画的路，一直走下去。自从明确知道自己再不能在跑步上取得辉煌后，画画是她最后能够找到自信的地方。

四

卢月见杨洁如出师不利，犹豫时，突然想起自己的舅舅，他可是省里的大画家，要不，请他帮忙看看林萧雅的画，这样更有说服力。

在卢月的努力下，林萧雅同意和卢月一起去找她的舅舅。其实林萧雅也正需要一个专业人士来肯定自己的画作，因为听了杨洁如的话后，她的自信心还是有些动摇了。她知道杨洁如没有恶意，但是自己的人生选择一次次更改，让她感觉特别茫然。

林萧雅特意选了几张自己很满意的漫画作品，跟着卢月去找她的舅舅。为了得到最真实的评价，两个女孩商量好，只说是她们同学的作品。

卢月的舅舅慢慢翻阅手中的画稿，半晌，他问："这真是一个高中生的作品？”卢月点头说是，林萧雅却屏住呼吸，心跳骤然间加速起来。“她是不是刚学漫画呀？一点功底都没有，如果你不说，我还以为是小学生的涂鸦之作呢，没什么水准。”卢月的舅舅说完，又继续盯着画稿。

林萧雅的心瞬间拔凉拔凉的，这可是她最得意的作品，却被说成小学生的涂鸦之作，而且他还一眼就看出自己刚学漫画……林萧雅难过地闭上了眼睛。

“倒是漫画的配文写得不错，很有些意思。卢月，你这同学的文字感觉很好。”卢月的舅舅微笑着说。

“文字感觉？舅舅，你觉得我这同学有写作的天赋吗？”卢月惊喜地问。

“有没有写作的天赋我不知道，但从这几张漫画上的配文来看，她的文字感觉很到位，风趣幽默，看了让人开心。”卢月的舅舅说。

林萧雅也听见了，她抬起头，呆呆地望着卢月的舅舅，脸上充满了喜悦，心里却依旧忐忑，她张着嘴，嗫嚅着，却不敢问。倒是卢月兴奋地大叫：“萧雅，我舅舅说你文字感觉很好，要不，你以后往这方面发展？”

“叔叔，我真的没有画漫画的天赋吗？”林萧雅艰难地问，她一定要听到答案才死心。

“仅从这几张画作上来看，潜力不大，作为业余爱好无可厚非，但想走专业的路就难了。艺术这东西，仅靠努力是不够的，一定得有天赋才行。倒是上面的文字显示了不俗的功力。”

听完卢月舅舅的话，林萧雅愣住了，这些道理她明白，但一时也有些迷惑。自从脚受伤后，她就一直兜兜转转，不知自己该选择哪条路。

五

回学校的路上，林萧雅默不作声，她突然很讨厌自己的不坚定，每次遇见一点困难就想打退堂鼓。脚受伤不能跑步了，她想学画画，素描不成，她选择了漫画，可是现在漫画不成，她又开始做起作家梦。一次次改变初

衷，这是一个追求梦想的人该有的态度吗？

在卢月的抚慰下，林萧雅说出了此时心里的想法，她说："卢月，像我这样一改再改初衷的人，是不是很不应该？"

明白林萧雅心里所担心的问题后，卢月反倒是放心了，她真诚地说："萧雅，生活从来都不只有一种选择，就像你当初说的，上帝关了你一扇门后，他自然会为你开起另一扇窗。既然你不能再跑步，而画漫画只适合你做业余爱好，那为什么不在写作上试试呢？付出同样多的努力，如果有天赋作为基础，是不是可以取得更大的成就呢……"

在卢月的开导下，林萧雅的心思一点点明晰起来。同样是梦想，为什么不试试呢？无论如何，努力才是第一重要，当然找到了方向，就可以"事半功倍"。

突然想到杨洁如，林萧雅的脸莫名地涨红起来，她知道自己得去找她了。拨正一个人的方向需要莫大的勇气，但杨洁如做到了，虽然出力不讨好。想着大家对自己的关爱，林萧雅心里暖暖的，她迎着灿烂的阳光，一路走得欢快极了。

选自《中学时代》2013 年第 15 期

我觉得能认识你，有点像某个极低概率的奇迹。既然年轻的自己还没有太多其他的纷扰，那么青春在拖沓的节奏上，总会为这样的情怀而奏出激烈的强音。

追风少年

文 / 太子光

青年是生命之晨，是日之黎明，充满了纯净、幻想及和谐。

——席德布郎

一

罗一彬才跑进教室，还喘着粗气时，上课铃就响了。

“罗一彬，你可真准时呀，一分钟都不浪费。”年轻的老师开起了玩笑。

罗一彬红着脸缄默不语，额头上沁满了豆大的汗珠。

“你又是跑步来的？”我凑过头去问，一股浓郁的汗味呛得我急忙伸手把鼻子捏住，“这味儿可真大呀！”

罗一彬却充耳不闻，他目不转睛地盯着黑板，没搭理我。自我没趣，我撇撇嘴，也开始听课。一直到下课后，罗一彬才转过头问我，刚才想说什么。

我早已怒火中烧，愤然地说：“知道你了不起，问你话都不应。”罗一彬笑了笑，说：“约定好上课不讲话的不是吗？课间休息，我们可以聊天呀。你是最讲理的人，不是吗？”

被罗一彬一捧，我的怒气就消了，确实是约定好上课不说话的，是我违反了规则，于是顺着他的话说："那当然，我什么时候不讲理了。我是想知道，你不是说你们家搬到离学校更远的工业区了吗？难道还每天都跑步来上学？是你父母不给你车票钱吗？"

对这个新转学来的同桌，我充满了好奇。

二

我听罗一彬说过，他的老家在贵州的大山深处，因为他的父母在这儿打工，所以也把他接来了。

"那你来这之前，是留守儿童？"我在电视上看过很多关于留守儿童的电视记录片，于是好奇地追问。

"是呀，来这之前，我和爷爷已经相依为命五年了。父母每年只有在春节期间才会回去，我们才能够见上一面。我们那确实都是这种情况，我还好些，有爷爷在，有的同学就自己一个人……"

罗一彬平静地说，我后来才知道，是因为他爷爷生病去世后，他的父母心疼他，才把他从大山里接出来带在身边。

我记起他刚来那天，穿着短小的衣服，头发干枯，脸色发青。当老师安排他坐在我旁边时，我还挺嫌弃他的。我在他面前傲慢地说："你现在在城里了，别把乡下的坏习惯带过来，知道吗？要爱干净，要学习好。"

他害羞地点头，毕竟初来乍到，在新校园里，需要一段时间来适应。

英语课上，他像"鸭子听雷公"，完全听不懂，但他的表情却又充满了好奇。

"以前没上过英语课？"我问他。

他点点头，显得难为情。

"没事，我帮你把以前的内容都补上，这样学起来就不累了。"我豪气地说。毕竟我是英语科代表，有责任为老师解决"拖分"同学的困难，而且我们还是同桌。

只是让我没想到的是，除了英语外，罗一彬其他学科学得都很好，特别是数学。自他来了之后，每次都考满分，让我这个学习委员充满了压力，不得不更认真地对待学习。

三

罗一彬刚转学来时脸色发青，头发干枯，我估计他是营养不良，后来慢慢就好转了。生活在父母身边后，他再也不会像在大山里生活时那样，半年都吃不上几次肉了。

可是对罗一彬来说，吃不吃肉倒无所谓，能够和父母生活在一起才是最大的幸福。我理解他的话，长期的分离，他十分想念父母，现在能够天天见面，他真的很满足。

自认识罗一彬后，我反思了自己的言行。我对父母从来都没有过感恩，觉得父母爱我是理所当然的，是一种习惯。现在，我改变了这种想法，开始学着照顾自己的父母。

罗一彬的率性和真诚很快赢得了大家的好感，我们爱和他聊天，邀他一块玩。刚开始时，他每天早早来学校，帮大家把桌凳都擦干净。我问他为什么要帮大家擦桌凳？他笑笑说："顺手就擦了，也不麻烦。"其实我懂，他是想早日融入这个新集体，想用自己的方式赢得我们的认可。

只是一段时间后，我注意到了一个问题。虽然罗一彬每天都穿着干净的校服来学校，但他身上似乎永远都有一股浓郁的汗味，额头也冒汗，内里的卫衣更是湿哒哒地黏在身上。

我犹豫了好几天，感觉直接问不礼貌，但最后还是好奇心占了上风，于是我在一天课间时问了他这个问题。

"我是跑步来学校的。"罗一彬红着脸说。

我听到后，愣了半天，忍不住重复："你是跑步来学校的？"紧接着又说："你疯了吧？跑步到学校，还不得累死呀？"

罗一彬羞涩地笑起来："其实没什么的，我在老家时，每天上学都要跑步去，跑一阵，走一阵，要走上两三个小时。我喜欢追风的感觉，现在近多了，路也好走，就是路上车多，很恐怖。"罗一彬说完后还滑稽地吐出半截舌头逗我。

"你这家伙，这么厉害，以后的校运会，长跑就交给你了。"我对他佩服得五体投地，别看他个不高，体不壮，脸色还有点青，但他精神着呢。

四

"你家都搬到工业区去了，还每天跑步来上学呀？都差点迟到了，你父母不给你钱坐车吗？"我问他，有点想不通。

学校一向对迟到抓得很严，我不希望他影响班集体的荣誉。

"刚搬家过去，今天是第一天，差点跑错路了才会迟的，以后就记住了，没事。"他笑笑，然后又告诉我，他喜欢追风的感觉。跑在风中，任凭凉风拂面，吹起一根根发丝，风会从衣领间贯穿进去，那种感觉和过去在大山里奔跑时是一样的……

罗一彬絮絮叨叨跟我说了很多，我感觉他是想念贵州老家了，或许还想念那些他独自奔跑在大山里的往事。我觉得他像一个追风少年，无畏无惧地奔跑，跑在山间旷野，跑进繁华的城市。

"那你在路上跑步时还是要小心，城里不比你们大山，车多，要注意安全。"我没有劝说他不要跑步上学，只是叮嘱他要注意安全。

作为同桌，我在罗一彬身上学到了很多东西，他已经认定的事，任谁劝说都没有用。或许跑步时，他会有在老家大山里奔跑的感觉。就像他说的，老家的亲人都不在了，什么时候会回去呢？他不知道。对于没有归期的故乡，他能够做的就是在陌生的城市里，寻找过去那种奔跑在风中的感觉。

选自《才智》2014年第11期

少年追风，年少追梦，有时候真的很羡慕那些站在操场上的少年，那么年轻和朝气。然后你就觉得自己老了，没有追梦的热情和用力生活的勇气了。

大红皮凉鞋

文 / 晴月

这世界要是没有爱情，它在我们心中还会有什么意义！这就如一盏没有亮光的走马灯。

——歌德

这是女孩回忆童年时唯一的一段美好记忆——关于荷和一个男孩。

夏日的荷塘里，成群结队的孩子们一边吃着刚采摘的莲蓬，一边嬉戏打闹着。她知道尽管她脚上穿的是皮凉鞋，还是那个年代孩子们最羡慕的大红色，荷塘里的孩子也不愿和她玩，便一直孤零零地待在荷塘边安静的一角。

那个下午，荷塘里的荷花和荷叶曾唤起她太多美好的思绪。

那朵半开的粉红荷花，她认为最好看。若能放在鼻尖嗅一嗅，一定清新芳香；那张又大又新鲜的荷叶，她最喜欢，若能盖在她头上，一定能一片清凉。可怎么才能够到它们呢？后来她这样想着张望着，不由得就站了起来。

“看那个从别人锅里抢饭吃的‘拖油瓶’！”顿时，荷塘里就有个男孩叫了起来。

“拖油瓶，没人要，做个棉袄，没棉套……”起哄中，突然一个男孩把手里的莲蓬皮朝女孩扔过来。女孩很意外，她以为他们是把莲蓬扔给她，便本能地伸出了小手。可皮是很轻的，抛出去没多远便落在水面上，荷塘里便响起了一阵嘲弄的喧嚣和大笑。

“给!”正当她承受羞辱不知所措时，眼前的水面竟冒出一个人头来，接着一大把带着水珠的莲蓬朝她递过来，她看到莲蓬后面那双眼睛黑亮黑亮的，就像天上的星星闪着柔和的光。

“那……”她的手朝刚才吸引她的荷花荷叶指着。

“好。”男孩给她采来那支半开的荷花和那张又大又新鲜的荷叶，把荷花递给她，又把荷叶盖在她头上，就开始剥莲子。

他剥了许多，却一直都没吃一个，等他剥好一大把，放进她的两个手里，她才知道男孩是为她剥的。后来男孩把剩余的莲蓬上的杆都掰去，在她面前摆成一座小山，便一头扎进水里不见了。

大概天太热，后来她吃着吃着就睡着了，醒来时，荷塘里已没有一个人，四周静悄悄的。她顿时毛骨悚然，惶恐得哇哇大哭着就拼命往坡岸上爬，尽管茅草扎得她的脚生痛，也不敢稍作停歇。待爬到坡岸小路上，低头看才发现脚上的大红皮凉鞋没有了，就哭得更凶了。

她四处张望，寻找她的大红皮凉鞋，可哪里也没有；她想回家，荷塘边和小路上却长满了扎脚的那种茅草，她好害怕，却不敢抬脚向前走半步，就在这时男孩又赶了过来。

“来，我背你!”他说着就在她身前扎了个马步。

“他们都不喜欢我，不跟我玩，还欺负我，偷我的凉鞋。”她擦了把眼泪，正好看到男孩又粗又壮的小腿，爬上男孩的背又委屈地哭泣起来。

“我知道，他们不喜欢你，我喜欢你。”男孩背着她一边走向回家的那条小路，一边哄她，“他们不跟你玩，我跟你玩，有我在就不会让你受委屈……”

当回忆往事，这个下午就像一个瑰丽的梦，总是让她感觉温暖和美好。那时她才 4 岁，对于这个男孩，她只记得他向她递莲蓬时那双黑亮的眼睛，和往他背上爬时看到的又粗又壮的小腿。她并没有记下男孩的长相和名字。

而且，自那天后，她似乎再也没有见过这个男孩。

她不知道男孩是下放到这里的“牛鬼蛇神”的儿子，因父亲一直病着不能出工，只得为生产队放牛来顶替，八九岁了还没上学；也不知道他和她一样，荷塘里的那群孩子也不和他玩；更不知道在她记忆里的这个下午的第二天，男孩就随父亲回了五七干校。后来，男孩才开始上学，父亲就去世了，只剩下年幼的他和体弱的母亲。他成长的岁月相当艰难，长大后又没能考上大学，也没能找到合适的工作。后来母亲去世后他就去部队当了兵，他一直也没能有机会再走到女孩面前来。

当女孩到了花季年龄，出落得格外美丽，上门提亲的人踏破了门槛，她却始终都没找到可以依托的人。因为在关于那个下午的零零碎碎的记忆里，她总觉得自己曾答应过男孩什么，或者她根本就认为，那男孩就是她可以依托的人，这是女孩不曾与人道的秘密。后来，当她的年龄一天一天大起来，到了在乡村再不嫁人就成了剩女的时候，就去了远方一个城市里哥哥家。

男孩去部队后一直很努力，不久就破格进了军校，在 28 岁那年又破格提到了副营，他认为自己终于准备好了，便请假往女孩家来。

“你是……”当他来到女孩家时，天已经黑了，家里只有女孩的母亲一个人。男孩很肯定地告诉老人：“你家女儿一见我就知道我是谁，我这次来是想接她和我一起去部队生活的。”

很显然，老人从来都没听女儿讲过有这么个对象，可看看外面的天，看着风尘仆仆的男孩，老人还是把男孩迎进了家里。

男孩住下后就像这家的女婿一样，第二天一大早便起来打水做饭、和老人一起下地干活、帮老人洗衣收拾房子。老人也像对待女婿一样对待男孩，每天不是杀鸡，就是去邻居家的鱼塘买鱼做给男孩吃。因为在闲聊中她了解到男孩已没了任何亲人，她一直都没把女儿的真实情况告诉男孩，直到男孩假期满了，不得不走了，她才终于开口。

就在男孩来的前几天，老人才收到儿子来的一封信。说他妹妹最近在那边找到了一份满意的工作，他也张罗着给妹妹介绍了一个很不错的人家，妹妹什么也没说，大概是默认了，因此估计很快也就结婚了。老人为了让男孩死心，她告诉男孩女儿已经结婚了。并叮嘱男孩：“多好的孩子啊，赶紧找个合适的姑娘成个家吧！”

男孩离开后，女孩并没和哥哥为他张罗的那个人结婚，为了不给远方的老人增加心理负担，女孩和哥哥也没把这情况告诉老人。

可她终究还是找了一个眼睛黑亮、小腿粗壮、靠得住的男孩结了婚。

那时，人们坐火车或候车时都爱买份报纸看，男孩也一样，离开老人，坐在候车室等车时，他在一张报纸上看到了这样一条征婚启事：在你成长的记忆里，曾有过一双小小的红皮凉鞋吗？就是在那动乱的年代里孩子们最羡慕的大红色皮凉鞋，它曾穿在一个小女孩的脚上。那个下午，小女孩孤独地坐在荷塘一角，荷塘里的孩子都不愿和她玩，只有你给她送来一大捧莲蓬，也只有你在她的大红皮凉鞋丢失后，背起她走向回家的路……虽然一个四岁女孩的记忆薄弱得几乎让人无处抓寻，可既然你给我的那种感觉长在了我的生命里，我就要用我能做到的一切努力，把这心愿传递给你——如果你还没结婚，我想对你说：我愿你做我的爱人！

选自《当代小说》2014 年第 2 期

这世间，唯有梦想和好女孩不可辜负。你还记得那个一心想跟你在一起的姑娘吗？那么坚定……

第三辑 Part 03

每朵花都有自己的春天

从步入学堂的第一天开始，他就如一朵开在僻幽山谷的花，在茫茫的人海中，无关紧要地开着谢着。没有人知道他叫什么名字，也没有人想去知道。他渴望走进他们中间去，与他们一起在长满草香的校园小径上欢笑，一起簇拥着上下学，一起逃课到遥远的西山抓鱼。在旁人看来，这都是些平凡至极的事，可对于寡言自闭的他来说，却是一连串闪亮而又模糊的梦。

路口，向前走

文 / 雪炘

爱情原如树叶一样，在人忽视里绿了，在忍耐里露出蓓蕾。

——何其芳

一

我知道这次会见到他，也不止一遍地想过相见的情景，却怎么也没想到现实比小说更具戏剧性。

二

第一次一个人走那么长的路，我却一点儿也不害怕，反而是满心期待。我想我是长大了，不再是那个需要保护的孩子了，也不再是踩着少年的影子想有人呵护的小姑娘了。

这是初中毕业后的旅行，我和几个伙伴一起来到他所在的城市。

长途大巴到站，我还没从兴奋中回过神，就已经被伙伴拉上去往大雁塔的公交车。伴着音乐喷泉，朋友们按动相机快门，一张又一张靓丽的身影诠释着青春的精彩。而我心里却始终有一根弦紧绷着——去钟楼找他。

他是被时间覆盖的一部美丽童话，曾经出现在严寒的冬季，出现在我最伤痛的缝隙里。我一直觉得是他抓着我的手，陪我走过了那段不堪回首的日子，然后像天使一样悄然离开。是我太倔强，站在原地不肯离开，想等他再回来。

听说他到了这座城市，既然来了，就趁这个机会去找他。

其实我只知道他在城楼附近，而且告诉他，这两天会去找他。他说，好，到了打电话，可是，我出门没有带手机，也没有记住他的手机号。我还在想办法的时候，大雁塔之行已结束，下一站是一所著名大学。

陌生的城市，陌生的路，陌生的站牌，让我在那个路口辗转了好几个来回。

我喜欢站在路口看风景，因为路口是最有故事的地方。大家都不会在路口停留，匆匆忙忙走过，拐入属于自己的方向。而这时的我们，像一群春天里的鸟雀，在路口反反复复找不到方向，却依然忘乎所以地说说笑笑，仿佛有路就有方向。

终于确定要找的站牌在马路对面的一百多米处。

伴着绿灯的倒计时，我们快步向前，笑容在落叶间飞舞。脚步还没有完全脱离斑马线，手里包包却瞬间沉了许多，笑容也在那一刻凝固。朋友们拉着我的胳膊，问怎么了，我终于呼出了他的名字。

三

我在这个路口碰到了他，像一场注定中的意外，却真实地终结了一个故事。我不曾想到，路口原来会成为故事的结局。

当他握着手机从我身边走过，当我回头看他时，我就知道自己错了。我看到红灯一直跳跃，我看到朋友们在站牌外你推我搡，我看到他踏着红灯朝我走来。

一步一步，像电影里的慢镜头，却那么不真实。

他邋遢散漫。

他的步伐像忘掉琴谱的手指。

他的面目似冬天的枯叶。

他一边聊手机 QQ 一边抽烟。

他一直对着我笑，笑得停不下来，笑得有些失声。此时的我已经精神恍惚，感觉是在做梦，梦里在上演恐怖片。

我想说的好多话，在那一刻都随风飘落。好像早有预料，我没有一丝伤感，只是平静地离开，像他当初离开我一样。

在我转身的那一刻，一阵风吹过，瞬间叶如天女散花，从头顶飞舞到脚步间。在风与叶之间，隐隐约约听到一个声音，从身后传来——我无数次想过我们见面的场景，却怎么也没想到会是这样。

我微笑，不回头，卷起一地枯叶。

四

朋友们问我，他一看就不是好人，我为什么把他说得那么好？我以欺骗的罪名放弃了辩解，因为她们和我一样，固执地忘记了时间，忘记了时间在我们身上涂抹的改变。

蕾子最先站到了他面前，愤力地说他是垃圾，说我一点儿都不现实。我目瞪口呆于她的勇敢，忘记了她也是在批判我的等待，是在愤怒他的表现，是在否定我和他的曾经。

她们说，他早就忘记我了，否则眼神不会那么陌生，不会有那刻的迟疑，才在不情愿中走近我。

语言已是个累赘，我不想思考太多，只想为故事写上结局。结局之后便是忘记，忘记曾经那个温暖善良的人，像忘记叶子从哪个位置飘落一样。万事万物自有规律，只需记得他存在过，没有停留，也不可能始终停留于某处。

当我再次登录 QQ，看到他在相遇前一天的留言："我在大雁塔，这个周末你安排时间，到时候打电话就行。"

这就是所谓的宿命吧，偏偏那天我没上网，偏偏我们那天就去了大雁塔，偏偏他也经过了那个路口。

双休日过后，他又留言，问我怎么不打招呼就走了。

星期一晚上，我上线，他说见面对我来说就是寻求一个不再等待的理由。我不做任何回复，也不需要做任何回复，我们打不败时间，抵不了改变。

他仿佛也明白这一点，消失在了我的世界里——QQ 好友里找不到他，因为他拉我到黑名单了；手机通讯录里也找不到他，因为手机突然就再也打不开了；在路口更不会碰到他，因为我离开了那座城市。

五

当汽车将那座城市丢给了过往，想想这一周以来的收获，或许可以将这次旅行命名为“改变”。我像个站在草原上的孩子，望着熟悉的天空，却觉得格外陌生。

转身对一个坚持者来说并不难，不转身，只是因为没看到结局。虽然知道有些事情并无想象中那样美好，但我愿意相信奇迹，因为只有相信，它才可能是真的。就算奇迹没有出现，让我看到最惨痛的结局时再放手，不也是一种很好的体验吗？

窗外一片漆黑，从玻璃上看着自己的样子，有一种说不出的轻松。也许我的等待不是因为感情，而是因为性格，因为我等的只是一个结局。

突然想起他被风吹得很轻的一句话——你越来越好看了。

是啊，认识他的时候，我还是个羞涩的少女，而现在已是自信的青年。自信的女孩最美丽，美丽的女孩更自信，我的生活一直在向前。然而，他呢，为什么会越来越像痞子？

这就是他们说的现实吧！

什么是现实？现实就是，跟着时间跑，不管正确与否。

我们都一样，想趁早拥有自己想要的一切，总怕时间来不及。所以才会着急，所以才会想走捷径，所以才会不择手段。只怪人生太短，我们跟着时间跑在杂乱无章的轨迹上，却忘记了自己原本要去的方向。但是，如果生命无限长，我们就不这么慌乱、这么着急了吗？

这个世界是经不起反问的。

汽车快到站的时候，邻座的人播放起了歌曲，《分手在那个秋天》撕裂了我最后的坚强。伤感涌入鼻孔，车一轻晃，便与曲调和枯叶一起零落。

六

再次接到蕾子的电话时，我正在路口一秒一秒等红灯。

“你没事吧？”她问。

“当然。”

“或许我们是错的，或许他只是不想让你看到他颓废的样子。”

“我们是否正确，我不知道，我只知道……”

“……什么？”

我拎好包包，跨出一步，走上斑马线：“路口，向前走。”

选自《新青年》2012 年第 11 期

有没有这样一个人，在回忆里牵手，在梦境里相逢，在时光里想念；有没有这样一份爱，在青春里疯狂，在流年里追寻，在前程里遗憾。但是这有什么呢，勇敢去追就是了！

再见，仙人掌女生

文/冠豸

青年时期是豁达的时期，应该利用这个时期养成自己豁达的性格。

——罗素

一

我一直都不明白，这世上怎么会有像张亚飞这样的女生。她那么聪明的脑袋瓜子，怎么说话时就不经过大脑，可以完全不顾及别人的感受。而且还语不惊人死不休，句句话语犹如白晃晃的利剑，直刺得人伤痕累累。

大家刚开始做同学时，长相秀美，成绩优秀的张亚飞在班上很受欢迎。虽然她说话傲气一些，但大家并不在意，因为她确实厉害，各科成绩都排在班级前列。课堂上，有什么难题解不出来，最后一个被老师钦点的人，一定是她。

就连各科任课老师聚在一起聊天时，都会不由自主地称赞起她是个难得的美貌与智慧并存的女生。但在后来的交往中，她却渐渐成为全班同学最反感的"毒舌"。

班会上，大家讨论问题起分歧时，张亚飞会突然瞪着双眼来一句："你们懂什么呀？废话那么多，在这里谁说得算？"一句话，噎得大家哑口无言，就连老师听后，也一脸诧异。

还有一次自习课，不知张亚飞又和她的同桌争论什么问题，两个人争得面红耳赤，在谁也说服不了谁时，张亚飞站起身，指着她的同桌大声说："我张亚飞说这样就是这样，你懂什么啊？你懂每次还考那么点分数，也不害臊？"同桌的女生一时窘迫得泪如雨下，一下课她就去找老师要求换位置，说什么也不想与张亚飞同桌了。

那个女生的心情我明白，因为我也被张亚飞伤害过，而且是当着全班同学的面，让我下不了台。

二

那时还在初一，我的一篇参加学校征文的文章被老师推荐给市日报，居然发表了。文章刊出的那天，语文老师特意带来了刊登有我文章的报纸，不仅在课堂上表扬了我，还让我上讲台朗读这篇文章。心底欢喜的我却有些害羞和难为情，当着那么多同学的面读自己的文章，多别扭呀！

在我犹豫不决时，同学们的鼓励和掌声给了我无穷的勇气。我刚想站起来，身后却突然传来一句让我难堪得想立马消失的话"什么好文章呀？都发报上了，还怕念出来给我们听？是不是抄袭来的？"不用回头，听声音我就知道说这话的人是谁。

教室里倏然地安静下来，我知道所有目光都在盯着我，强忍着，我还是走向讲台朗读了那篇文章。原本愉悦的心情，却因为她的一句话变得糟糕透顶。我恨死她了，凭什么怀疑文章不是我写的？仅仅就因为她的成绩比我好？

在这事之前，我们之间并无矛盾。她成绩好，每次考试都独占鳌头，我也替她感到高兴，毕竟她是我们班的骄傲。一直以来，我们没说过什么话，可我在心里羡慕她、佩服她。虽然班上有很多同学不喜欢她，说她傲慢，目中无人，还有的说她刻薄，没人情味，但我从不参与这类评论。我始终觉得她很优秀，是我学习的楷模，但我没想到，她居然会当众中伤我。

在朗读文章时，我偷偷地瞥了她一眼，没想到，她也正漠然地盯着我，目光寒冷。那冷漠的眼神，让我禁不住冷战了一下，但倔强的我，却故意扬起头，刻意提高音量，声情并茂地朗读自己的文章。我就是要气气她，挫伤她的锐气。

心有芥蒂，我们成了死对头。

张亚飞依旧一次次口无遮拦，她伤害了很多同学，渐渐地，她被大家孤立起来了。虽然她的成绩依旧名列前茅，但再也没有同学和她交往。

三

看着每天独来独往的她，我都有些替她难过，第一名真的有那么重要吗？与人说话客气些，收敛些，就那么难吗？我不知道她瘦弱的身体里，到底有多大的承受力？她那张青春、美丽的面孔，真的就挤不出一丝笑容来吗？

她每天总是第一个到学校，最后一个离开。上课时，她总是目不转睛地盯着黑板，不管教室外面发生了什么事，她都不会转头去看。

除了写作业外，她就看书，特别是那次我的文章上了报纸后，我注意到，她走出教室的时间更少了。每次课间休息，她都抱着书本在看，或是拼命地在写东西。

学校里时常举行各种比赛。有一次，一个男生参加学校的“历史知识竞赛”获得了第一名，那次竞赛，张亚飞也参加了，但她仅获得第三名。

在老班表扬那个男生的时候，我亲眼看见张亚飞一脸沮丧，眼中流露出深深的失落。在大家为那男生鼓掌叫好时，她却趴伏在桌子上，肩膀在抖动，不知道她是不是哭了？我想不明白，没得第一名就要伤心成那样吗？冠军往往只有一个，参与了，并且尽力了就可以，为什么非得第一呢？再强的人，也不可能面面俱到每一方面都比别人突出呀。

我想，凭张亚飞那么聪明的脑袋瓜子，她应该想得明白的，但她为什么就不能释怀呢？为什么事事都要与人较劲？让自己像只“惊弓之鸟”。心弦紧绷的日子，会过得快乐吗？是不是只有得到第一名，她才能得到她想要的快乐？

心底莫名地有些怜惜起她来，望着她渐显疲惫的面容，黯淡的眼神，和每天孤单的背影，我都有些难过。这个要强的女生，她终究是把自己搞得太累了。她的身边连个分享快乐，分担忧伤的朋友都没有，十四、五岁的年纪，她真的就那么不在乎友谊吗？

有时，我很想走近她的身边，轻声对她说：“亚飞，我们大家一起出去玩吧！”但一看见她凛然的眼神，我又会退缩。

她的书包永远都是满满的，里面只有书。我们的书包里，时常会装着女生喜欢的小饰物，偶尔还会有一两包未开封的零食。她总是孤单的一个人，而我们却呼朋引伴，玩得兴高采烈。

见我们大声喧闹时，她会冷不防冒出一句：“真是幼稚！”没有人理睬她，大家依旧玩得尽兴。只是我，听到她这样说时，心里不禁会想，我们天天这样嘻嘻哈哈的，是不是真有些幼稚？但像她那样，是不是也太累了？

望着窗外蔚蓝如洗的天空，我的思绪不由得有些恍惚起来。我不知道，这段青春的时光，我们要如何走过才会无怨无悔。

四

升上初二时，班会上竞选班长，张亚飞得到了前所未有的“唯一一票”，老师惊得目瞪口呆，她怎么也想不到，她的得意门生，居然只得到她自己投的那一票。

嘲笑声四起，大家都在窃窃私语，这个傲慢的张亚飞第一次尝到了众叛亲离的滋味。她自己投的唯一一票，像一把尖刀般，把她的心割得支离破碎，我看见了她濡湿的眼角和眼中闪烁的泪花。她再不在乎，也难以面对这样的情形吧！那段日子里，她高昂的头终于低垂下来，凌厉的眼神变得涣散而呆滞。

老师又来宣布好消息，说张亚飞的一篇散文在省里的征文中获得了唯一的特等奖，市里的电视台准备来学校采访，要同学们帮忙配合一下。“配合啥呢？我们都不熟悉她。”“得奖是她的事，跟我们有什么关系呢？”同学们嘀咕着，没一个人为她高兴。

“这是我们班的光荣，大家应该为张亚飞同学高兴才对呀！”老师兴致勃勃地说。“高兴啥？又不是我们得奖。”一个同学说。“你们怎么能这样对待我们的张亚飞同学？太不友好了吧？”老师见大家反应冷淡，事不关己的样子，有点生气了。“她平时又是怎么对我们的，你怎么不去问问她？”一个男生直言。

老师看着大家，沉默了片刻，这时，张亚飞站起来了，她哽咽着说：“谢谢老师，帮我取消这个采访吧！”说完，她就趴在桌子上，小声地抽泣起来。我们面面相觑，心底也有说不出的难受。

放学后，张亚飞失魂落魄地走出校门，她的大书包像一座沉重的大山一样压在她背上。她默然地走着，在晌午的太阳下，她的背影是那么落寞和孤单。我远远地跟着她，心里有种被灼伤后的难过。

她确实很傲慢，确实出言不逊，确实不招人喜欢，但她也不应该被孤立成孤家寡人，就连快乐都没有人愿意和她一起分享。被她伤害过的事，早已随着时间的流逝而风消云散了，我不记恨她，只是在心里更加佩服她的才华。想过要走近她的，但我找不到走近她的理由和办法。

五

张亚飞穿过悠长的解放路后，径直去了路尽头的祥云公园。公园里树木郁郁葱葱，绿草如茵，晌午的缘故吧，偌大的公园里，居然没有人。

张亚飞坐在树荫下，身后有块巨大的石头挡着。一放下书包，她就抑制不住地哭泣起来，“嘤嘤”的哭泣声里充满了委屈。我远远地站着，看见她的双肩在不停地抖动。

她哭得太投入了，没注意到我的出现。走到她身边，把纸巾递给她时，她才看见我。“没看过人哭吗？还跟踪我？”她抹着泪说。

“我……我……”我把纸巾递到她手上，支吾其词。

“我什么？看我笑话？”抹去泪水，她冷漠而戒备地盯住我。

我笑了一下，说：“你从来就不需要朋友吗？一个人活到你这份上，也确实该伤心。那么多的喜事都没有人分享，很悲哀吧！”

“我的事跟你有关系吗？我需要你来怜悯吗？”她的语气又恢复到了最初的傲慢。

“你确实很优秀，但大家讨厌你，并非是嫉妒你的才华，而是讨厌你冷漠和高傲的面孔。你是个坦率的人，但你说话的方式太直接了，让人敬而远之……”我知道有些话，我是该告诉她了。这个骄傲的女生，她被宠坏了，因为她的优秀，她总是唯我独尊，从不知道什么是尊重。

“你们孤立我，疏远我，不就是因为嫉妒吗？我的成绩都是我努力后才得来的，你以为每次考第一，那么容易吗？”她难过地说。

我看着她摇摇头，她真的该好好反省了。

那天中午，我们第一次像朋友一样坦诚相待，说了很多以前从来不曾说过的话。她开始有些抵触，但慢慢交流下去，聪明伶俐的她很快就明白了。或许是想到了许多过往的事情吧，当我注意她的眼睛时，里面正噙着晶亮的泪花。

她默默地看着我，脸上有惭愧的表情，好一阵后才说：“对不起！我从来没想过，自己的话语会给你们带来那么多的伤害……我以前争强好胜，从来不服输，我一直认为，只有让自己强大了，才会赢得别人的赞赏和友情……”她的声音哽咽着，说得断断续续，但我在她的眼睛里，却分明读到了懊悔和深深的歉意。

我以为在那次深谈后，我们会成为朋友，可是，我想错了。

六

新年过后，我们开始了初二下学期的生活。可是回到学校时，我却再也没有看见张亚飞了。后来听老师说，她父亲因工作调动，她也一起转学走了。老师很是惋惜这个一直带给她各种荣耀的女学生。

班上的同学听到这个消息后，都沉默了。虽然大家一直讨厌她，但当她真正离开，再也见不到时，心里还是有深深的失落。毕竟，同学了一年半的时间。

我木然地坐着，心里空空的，有种被遗弃的难过。我们曾有过那么深入的交流，我以为那之后我们会成为朋友，以为，她听了我那么多话后，会试着改变自己，得到大家的原谅，让大家重新接受她。

开学一个月后，我突然接到了一封信，地址内详，但从字迹上，我就猜出是张亚飞写来的。确实是她的来信，她让我代她向大家道歉，说她没有勇气当着大家的面说“对不起!”当她知道父亲工作调动的事情后，她就选择了离开。

她原本是可以留下的，但不知如何面对她曾一次次伤害过的同学，离开或许才会有新的开始……信写得很诚恳，满满的都是歉意。但我的心依旧痛楚，我不知道，这次的逃离，是否能带给她新的开始？她真的重新审视自己了吗？真的能改变吗？

她连地址也没有留，我想，她是想把过往的一切统统都忘干净吧。但我无法忘记她，心里总会莫名地牵挂。

不知现在的她，在异乡，在新的学校，是否真的开始改变了，是否真的用她的善良和热情赢得了新的友谊。我想，她会的，她一定可以做到。

因为我始终记得，那天中午，在公园里，这个骄傲的女生，她那双满含泪水的眼睛里流露出的深深的歉意和懊悔。

选自《初中生之友·中旬刊》2012 年第 10 期

我们一路走来，身边总是会出现那些闪着光亮的女孩子，成绩优异，家庭殷实。可是唯一的缺点就是别人不能靠近，高傲且冷漠，好像浑身长满了刺。但是后来她们终于学会了怎么与人相处。

被孤立的少年时光

文 / 太子光

孤独是人的宿命，爱和友谊不能把它根除，但可以将它抚慰。

——周国平

一

上初中那年，爷爷生重病，花掉了家中所有的积蓄，还借了外债，最后他还是走了。爸爸因为长时间照顾爷爷，精神状态不佳，工作中出了差错，给单位造成损失，赔了不少钱。妈妈只是个服装厂的女工，收入也不高，原本就不富裕的家，一夜间更是一贫如洗。

为了谋生和还债，父母合计了一下，决定在菜市场开一家专门杀鸡鸭的小店。为了节省开支，父母和我商量，把原来的住房出租了，一家人就住在店铺里。店铺很大，父母专门隔了一间给我住，他们就在外间铺了张大床。

我很不愿意，但我明白生活的艰辛和父母的无奈，不得不同意。菜市场里总是弥漫着一股怪怪的味道，很难闻。而我家杀鸡鸭的小店，更是充斥着让人恶心的味道。刚开始时，我一直想吐，但强忍着，久而久之，倒也习惯了。

二

在学校里，同学们不习惯我身上的味道，他们看见我后都避得远远的，

仿佛我是一个传染病患者。

上课时，周围的同学都用手捂着鼻子，一脸嫌弃。我知道，是那股难闻的鸡鸭腥味，我也不喜欢。可我每天都洗澡了，还用香皂一遍遍洗遍全身。我不知道我要怎么做才能没有让人嫌弃的味道。

我不可能不住在店铺，不可能不在空闲时帮父母的忙。看父母每天早起晚睡，一双手被热水泡得苍白变形，我不忍心。家里欠着外债，他们不得不经营这种没人爱干、低成本，只要靠勤劳就可以挣钱的小生意。市场里人来人往，买鸡鸭的人很多，但纯粹用开水杀鸡鸭的只有我们一家，生意很好，但父母也累得连腰都直不起来。

我知晓父母的艰难，从不敢告诉他们，我在学校被大家孤立。我的成绩还不错，特别是作文，每次都能够得到很高的分数。我把自己的孤独和对生活的理解都化成文字，写在日记里，打发自己寂寞的少年时光。

三

我并不是孤僻的人，也不是不爱说话，只是大家因为我身上的味道，我没有了朋友。

同学们对我是避之不及，同桌也说跟我一桌太倒霉了，我很难受，但不知道如何回应，只能常常在放学后一个人走在回家的路上偷偷抹眼泪。回到市场里，面对父母时，我还要尽量地掩饰，强颜欢笑，我觉得只有这样，父母才不会担心我。父母已经很累了，我不想他们再为我担心。

在那段被孤立的时光里，我每天一个人来来去去，表面装作云淡风清，其实很受伤。青春年少的我和大家一样，喜欢热闹，珍惜朋友，我并不喜欢这种形单影只的生活。我很渴望和大家打成一片，渴望她们在三三两两地玩耍时能够邀上我，渴望放学后和她们勾肩搭背一起回家。

只是所有简单的渴望在当时都只是一种奢望，没有一个同学愿意接受我，更没有一个人把我当成朋友。我主动想融入她们的世界时，她们集体对我抛“白眼”，用一种少年特有的冷漠横起了让我无法逾越的鸿沟。

我孤单地坐在教室里，就像一个“恶臭物”，我害怕那些嫌弃的眼神，害怕这种孤立无援的校园生活。我一次次想过退学，一次次想过结束生命，这样活着真是痛苦不堪。

四

班上的同学早就把我“浑身发臭”的事情告诉老师，希望老师能把我转到其他班去。

我猜想，那时老师也是从我身上闻到了点什么，她虽然没有明说，但后来有一次我去办公室送作业时，她还是提醒了我要注意个人卫生。我听后心里异常气愤，凛然应了一句：“我是交了钱来上学的，至于我身上的味道，与你们有关系吗？”丢下这句话，我走了，忍了很久的泪，终于在我走出办公室时倾泻而出。

我逃了一天课，一个人躲在公园里，坐在树荫下，看着眼前绿意盎然的花花草草，泪湿眼眶。我憎恨可恶的上天为什么这样折磨我们一家人？憎恨班上的每个同学，还有不关心我的老师，他们凭什么嫌弃我？我那么想和大家成为朋友，他们却都孤立我。

我的父母有什么错，他们只是为了谋生，为了挣钱还债，那些恶臭味是我们喜欢的吗？我们也不喜欢，但生活那么艰难，我们有什么选择的余地？越想越伤心，我又禁不住哭泣起来。

我没想到，在斜阳铺满整个公园时，我的老师会和我的父母一起出现在眼前。我以为是幻觉，直到父母扑过来抱住我哭时，我才知道是真的。老师连连向我道歉，说她无意间伤害了我，希望我能原谅。

五

原来老师见我一天没在学校，找了几个学生问到我家的住址，然后她又去了菜市场找到我的父母，了解了我家的情况。

“希望你能原谅我，老师真的错了，我伤害了你，对不起！”老师又一

次向我道歉。

她说话时，眼圈红了。

我能够感受到老师的真诚，在她并不了解事情真相时，她确实以为我是不注意个人卫生，她只是想好心提醒我，没想到无意中伤害了我年少的自尊。当她得知我在班上被大家集体孤立时，她才感到她的失职。

我不知道老师和班上的同学都说了什么，在我回到学校上课时，我感觉到一切都改变了。班上的同学再也没有故意躲避我，也没有嫌弃，特别是同桌男生，他还真诚地向我道了歉。

我在班上渐渐有了朋友，老师也时常关注我，表扬我的作文写得好，夸我懂事和体贴父母。我的父母终是收回了出租的房子，让我住回家里了。

一切似乎都回到了最初，只有我自己知道，这段被孤立的少年时光是一场寂寞的倒影。我已经学着长大了，学会了坚强和忍让，也学会了原谅和包容。谁的年少不曾犯过错，我又怎么可以耿耿于怀？我不想孤单地生活。

我并没有因为那段被孤立的少年时光就不再相信人与人之间的真情和温暖，相反的是，在以后的人生中，当我遇见不一样的人与事时，我会用心去观察和了解，始终保持尊重。我知道再卑微的生命也是需要尊重的。

选自《做人与处世》2016 年第 2 期

每个人都有孤立无援的日子。不管以后怎样，我们都该相信世界的美好，并且以爱和温暖相待。

欠你半袋苞谷面

文 / 顾晓蕊

淡看世事去如烟，铭记恩情存如血。

——佚名

1945 年的深秋，一个十四五岁的少年背着竹篓，沿着崎岖的小路走进山林。父亲去世得早，家里有多病的母亲和年纪尚小的妹妹，因而，他孱弱的肩上早早地扛起生活的重担。他在山林里转来转去，想找些可以果腹的食物。

然而，正赶上饥荒年，丛林中可充饥的野菜、草根，大都被村民们挖了去。他在林子里转悠了半天，只采到很少的山野菜，他又累又饿，坐在一块大石头上歇息。

抬头向远处望去，薄雾笼罩的丛林中有一处山谷，当地人称空幽谷。据说四周危崖耸立，怪石嶙峋，且常有凶猛的野兽出没，村里人都不敢进入那片山林。他脑子里突然冒出一个想法，那里或许能找到些吃的。

早上临出门时，妹妹拽住他的衣角哭，嘴里喃喃地说："哥哥，我饿。"她的头发乱蓬蓬的，身子瘦得像根细竹竿，走起路来直晃悠。想到这里，他不由得鼻子一酸，最终，饥饿战胜了恐惧，他站起来，向山林深处走去。

少年拖着疲惫的身子，走走歇歇，不知过了多久，他终于来到一片寂静的密林深处。

他边走边东张西望，用树枝胡乱地拨着草丛，忽见地上冒出来些蘑菇。少年心中大喜，忙走到跟前，弯下腰去采摘蘑菇。不料脚下一滑，他感到天旋地转，整个人向山坡下滚去。待回过神来时，身体已被一截树杈拦住。

只觉腿上一阵剧痛，他低头一看，血顺着裤腿淌出。少年咬牙忍着锥心的疼痛，脚步蹒跚地向上爬去，费了很大的劲才爬到坡上。

他倚在一棵树下，大口大口地喘着粗气。就在这时，不远处传来一声声号叫，那声音阴森诡异，听得人汗毛直竖。少年吓得面如土色，身体蜷作一团。

片刻后，更可怕的事情发生了。草丛里露出一双发着绿光的眼睛，凶狠的目光直直地盯着他，那是一匹毛发灰黑的野狼。少年眼中布满惊恐，想要逃跑，却浑身瘫软。

野狼猛地跃起向他扑来，他绝望地闭上了眼睛。在这危急时刻，只听“砰砰”两声枪响，待他再睁开眼时，只见狼应声倒下。回头看去，树后站着一位老猎人，手里端着一支猎枪，是他及时扣动了扳机。

这位头戴毡帽、须发花白的老人，一脸惊奇地问道：“你这个男娃子，胆子也忒大了点，怎么跑到这荒谷里来了？”少年仍惊魂未定，浑身直打哆嗦，结结巴巴地讲了他的经历。

那老人手捻着胡须，若有所思地说：“这会儿天色已晚，你的腿又受了伤，今晚就去我那里暂住一晚吧。”他感激地应道：“我听您的话，就是给您添麻烦了。”老人肩上扛着猎物，搀着受伤的少年，来到一间破旧的木屋里。

老人给他的腿上涂了些草药后，便到灶前烧火做饭，一股浓香从锅里飘出来，直钻入少年的鼻孔。过了一会儿，一大碗冒着热气的肉汤摆到面前，少年眼睛一亮，端起碗来吃得满嘴流香。老人一脸慈爱地看着他吃完，又铺好床，让他安然地睡下了。

第二天吃过早餐后，老人装了半袋苞谷面，还包了一大块狼肉，让少年带回家当做过冬的食物。随后，又亲自将少年护送出山谷，老人站在一处土坡上，目送他离去。少年走出好远再回头看，老人如一尊身披霞光的雕像还站在原处。

“儿啊!”母亲急急地迎上前说，“你昨晚去哪里了，娘担心得一宿没睡。”他讲了这一路的奇遇，母亲眼里闪着泪光说：“你遇到了‘活神仙’，咱们全家都要记得他的恩德!”

多亏了那些带回来的食物，少年与家人才能勉强度日糊口，熬过那个异常寒冷的冬天。

两年后的一个秋日，在母亲的催促下，少年背着新磨的半袋苞谷面，又一次走进了山林。他凭着记忆一路摸索，来到老人的木屋前，只是人去屋空，老人已不知去向。

几十年一晃就过去了，当年的莽撞少年，已成了满头白发的老者。他的儿子走进一座大城市，成为一名机关干部，并已在城里娶妻生子。这位老者就是我的爷爷，少年遇狼的故事，是我从父亲口中听来的。

那几年，逢上村里集资建桥、重修校舍，爷爷就打来电话让父亲资助，父亲在电话这头诺诺应道。没过几天，一张载满爱意的汇款单便寄往山村，父亲说钱不在多少，只是为了尽一份心意。

村里有人到城里看病或办事，经常会按爷爷给的地址找上门，托父亲帮忙。父亲每每笑脸相迎，尽量抽出时间帮着张罗。我对此有些不解，父亲笑呵呵地说：“都是乡里乡亲的，能帮上忙的尽量帮。更何况你爷爷一直有个遗憾，我这是为他偿还心中的那份亏欠。”

日子越过越好，父亲想把爷爷接到城里来享享清福，可爷爷却婉言回绝，说在乡下住惯了。两年后的一天，接到老家打来的电话，说爷爷得了重病，经查已是肺癌晚期。

我们一家人匆匆地赶回老家，躺在病床上的爷爷已气息奄奄。父亲俯

在他床边轻声说：“爹，你想吃点啥?”没想到爷爷说：“我……想喝碗玉米糊糊。”

当满满一碗玉米粥端上来时，爷爷颤巍巍地伸出手来，忽又无力地垂了下去。众人齐齐地扑通跪倒在床前，顿时悲声四起。顺着爷爷手指的方向，家人忽然明白了，欠下的半袋苞谷面，成为老人一生未了的心事。

选自《情感读本·生命篇》2014 年第 6 期

我们都走在付出和收获的路上，不能丢的，唯有一颗感恩的心。记得那些帮助过自己的好人吧，并用一颗善良的心去对待别人。

最珍贵的不是画

文 / 凤凰

夜把花悄悄地开放了，却让白日去领受谢词。

——泰戈尔

刘利民不是画家，却整天想着画画，整天就知道画画。虽然他画了不少画，却一直没有成名，命运好像一直在跟他开玩笑，现在他家徒四壁，不得不抱着画出去卖。

刘利民走出村子，走进了城里，一进城，他就走进了一家商店。他一走进商店，老板就赶紧上前笑脸相迎，连忙问他买什么。刘利民说：“老板，我不买东西，我是来卖画的！”

老板看了刘利民一眼，说道：“卖画？我不买，去去去！”老板说着就冲他挥手。看老板不耐烦的样子，刘利民打开了自己的画，说道：“老板，你看看，我画得很好，你就买一幅吧，我只收你十块钱……”

老板再一次挥挥手说：“去去去，就是一分钱，我也不买！什么破画，还想拿来卖钱！”说完，老板把脸转开，再也不看刘利民一眼。

刘利民心里那个气，没法说，眼泪差点都掉下来了。不买就不买吧，也用不着这么打击人啊！破画？这是破画吗？这些画，哪一幅不是刘利民花了心血，精心画出的作品。刘利民抱着画退出商店，然后他去了下一家商店，结果，他同样遭到了拒绝。一上午，刘利民走了十几家商店，不但一幅画没有卖出去，还遭到了一次又一次的嘲笑。

无精打采的刘利民准备回家了，这时，他看到前面一家商店的老板正看着他，他想，不如再去问问他吧，现在他太需要钱了。

刘利民走了过去，他说：“老板，买幅画吧！虽然现在我不是画家，但将来我会成为画家的，我成了画家，画就很值钱了。现在我只卖十块钱，你就买一幅吧！”刘利民说着便把手中的画递了过去。

老板接过了刘利民的画，打开看了看，然后笑着说：“你画得很不错啊！十块钱，太少了，这样吧，我给你一百块钱，这画我要了！”老板真是爽快，把画收起来，然后就给了刘利民一百块钱。刘利民捏着钱，连忙对老板说道：“谢谢，谢谢！”刘利民太激动了，太兴奋了，他的画居然卖出去了，而且还卖了一百块钱，这是对他的肯定啊！

卖出去的这幅画，给了刘利民帮助不说，还给了他巨大的信心，让他坚持了下来。十年后，他终于成为了一名著名的画家。这时的他，有了别墅，有了豪车，而且每一幅画都价值不菲。当然他不再轻易画画，也不再轻易出售。这时，与他交往的，都是达官贵人。而想得到他画的人，更是排起了长队，可是他却一概拒绝，重金也难求一幅画。

既然从刘利民手中得不到他的画，于是人们就从别的地方购买。有一天，刘利民听说有人手中有他早期的作品，而且是他卖出去的第一幅画，找那人买画的人络绎不绝，个个都出价很高，但全都被拒绝了。这时，他想起来了，他的第一幅画卖给了一个商店老板。他想，那是早期的作品，还是卖出去的第一幅画，太珍贵了，得把它买回来！

刘利民经过多方打听，终于找到了那位老板，此时，老板已经成了一个老人。刘利民告诉老人，自己就是当年的那个年轻人，当年，他帮了自己，现在，自己拿两幅画来换那幅画。老人说：“换啥换？我把它给你就是了！”老人找出那幅画给了刘利民，刘利民问老人：“大家出那么高的价，你为什么不卖啊？”

老人说：“我卖它干啥？换钱吗？它可是你早期的作品，画得不怎么好，我要是卖出去了，一传开大家就会笑话你。我可不能让人笑话你，你是名家啊！要是一笑话你，说不定你的画就不那么值钱了，那我不是毁了你吗？”刘利民不由吃了一惊，原来老人捂着这幅画不卖，并不是惜售，为了赚钱，而是为了他的名声。

刘利民说：“当初你买我的画，并不是为了留着赚钱？”老人笑着说：“当然不是。那时，我看你连进十几家店都一无所获，我怕你经不起打击，才出高价买了你的画。现在，你成名成家了，我很高兴，我帮对人了！”刘利民感动地说：“谢谢您！是您成就了我！”他决定改天登门送老人十幅画，因为，最珍贵的不是画，而是老人的善良。

选自《经典阅读》2014 年第 5 期

有些爱是无声的。感谢那些默默支持自己的人吧，如果没有当初那些无声的鼓励，恐怕就没有今天成功的自己。

告诉你一个秘密

文 / 马朝兰

仰之弥高，钻之弥坚。

——《论语》

一

从步入学堂的第一天开始，他就如一朵开在僻幽山谷的花，在茫茫的人海中，无关紧要地开着谢着。没有人知道他叫什么名字，也没有人想去知道。

他渴望走进他们中间去，与他们一起在长满草香的校园小径上欢笑，一起簇拥着上下学，一起逃课到遥远的西山抓鱼。在旁人看来，这都是些平凡至极的事，可对于寡言自闭的他来说，却是一连串闪亮而又模糊的梦。

站在偌大的群体里面，他时常感觉自己像一块透明的玻璃。譬如，清晨做广播操时，站于他身前和身后的两位同学，总能将眼神透过他的身躯，叽叽喳喳说笑不停；譬如，在全班自由调整座位时，他永远改变不了一人独占课桌的局势；譬如，有人在课堂上传纸条，快到达他所在的位置时，别人宁可叫他前面的同学，也不愿顺手把纸条给他……

他开始阅读很多关于交际的书籍，书上说，得有勇气打开自闭的大门，向别人袒露你的诚意，这样，别人才会由衷地接受你。于是，他决定在某个午后，独自走上讲台，慷慨激昂地和台下的同学们说："我想和你们做朋友，可以吗？”

为了打开这扇自闭的门，他做了很多努力。他甚至知道，深呼吸和自我暗示可以减少内心的恐惧和紧张。

一个流光四溢的午后，他耷拉着头，穿过走道，欲独自登上讲台，他想，他该说出自己的心声了。踏上讲台的一刻，他感觉瞬间气血翻涌，险些无法喘息。凝神寻思，赶紧在众人的一片惊愕中拿起黑板擦，急速转身，化惊恐为力量，猛烈地擦黑板。

二

体育课上，老师让做一个名为“抱团”的游戏——众人手拉手，围成一个大圈，不断奔跑。老师站于中间，等混乱之时大喊一个数字后，众人迅速抱团，每团的人数必须与老师口中所说的数字均等。要不，就判为输家，得出一个有新意的节目。

不管老师说“5”还是说“6”，他都是输家。很多次，他想要冲入人群之中，与他们抱成一团，却每每都被决绝冷漠的眼神挡了回来。

那个原本他决定打开心门的午后，成了他一生的伤痛。站在风尘呼啸的操场上，他从未如此绝望过，游戏了一下午，他被罚唱了整整一下午的《明天会更好》。尽管很多人到后来不愿再看他的节目，可仍是没有办法。只有他一个人输，并且他只会唱这一首流行歌曲。

后来，他在众人的嘘叹声中完成了最后一次表演。那个夜晚，他伏倒在门窗紧锁的书房里哭得忘乎所以。几近天亮的时候，他给班主任写了一封长长的求助信，希望能通过老师的帮助来获得同学的认可，哪怕一个也好。

次日午后，班上的两个坏同学先后被叫了出去。归来后，他们特意看了一眼仍旧自闭不语的他。

他惶恐不已，他以为，老师把他们俩严厉地批评了一顿。因为，他在

信中明确指出就是他们俩唆使同学不要与他交朋友。如果真是这样，他的麻烦就大了。这两个无所事事的坏同学，一定会在放学的小路上找他算账。

放学后，他静坐在教室里，想等他们走后他再回去。岂料，他们竟也一起坐在教室里！

等人走得差不多的时候，他们俩上来了，他想跑，可腿脚一下子不听使唤了。他握紧了书本，心想："要是他们动手的话，我也得做点反抗吧？"

"哥们，我们一起回去吧！"两双温热的手同时搭上他的肩膀，再从肩膀滑向他的背后。抬头触及他们真挚的眼神，他不忍拒绝。

他第一次与他们笑着走过长满草香的校园小径。没人看到，在那个暮色四合的午后，他的双眼里一路都噙满了泪水。

后来，他的朋友越来越多。他做任何事，碰上任何困难，只要旁人看到，就算他不开口，他们也会第一时间前来帮忙。

他无时无刻不在感激着自己的班主任。他想，是老师把自己的诚意传达给了同学们。因此，他开始努力学习，想用最好的成绩来回报恩师。

三

高考之后的毕业联欢会上，其中一位落榜的坏同学缓缓朝他走来，坦然地说："我决定补习，将那些遗落的知识重新拣回来。当然，谢谢你两年前对我的肯定和鼓励，希望明年我们能在大学相见，继续这段未完的友谊！"

说完，坏同学向他伸出了手掌，他迷茫地握住这双真诚温暖的手，内心一片风暴。会后，他终于鼓起勇气，拉住这位坏同学悄然问道："你说我鼓励了你，什么时候？"

那人狡黠地看了看他，从兜里摸索出一张陈旧的纸条，上面赫然写道："告诉你一个秘密：你注意到班上那个最自闭的同学了吗？我对他做了一个调查，问班上最热情，最有潜力的同学是谁，真没想到，他给我的答案竟然是你！我想，他不曾与旁人交往，也就不可能对谁存有私心和偏见。因此，这个答案应该是最为公正的。最后，希望你不要把这个秘密告诉其他同学，免得伤了你们之间的和气！”

握着这张时隔两年的纸条，他的泪水奔涌而出。一直以来，他都以为是自己的诚意感动了身旁的同学，殊不知，原来是恩师的良苦用心起了作用。

当然，他一辈子都不可能知道，这样的“秘密纸条”不光这位坏同学收到过。那位年过半百的老头，曾一天写一张纸条，发一张纸条，足足花了两个月的时间才把这个“秘密”传达给班上的每一人。

选自《初中生学习·低》2009年第4期

我们都曾有过这样一段被孤立的时光，我们需要被支持需要被认同，那是一段苦闷的日子。也许我们也曾这样关爱过一个人，默默地做了很多事情而从不让他知道。

每朵花都有自己的春天

文 / 李代金

自强像荣誉一样，是一个无滩的荒岛。

——拿破仑

他小学时在乡下读书，成绩很优秀，考上了城里的中学。然而，进了新的学校，他才发现他并不优秀，他的成绩由原来的前三名滑落到三十几名，这让他非常自卑。同学们穿的衣服都比他要高档得多，吃的也比他要好得多，这让他在同学面前抬不起头来。

他不跟同学一起玩，大家也不喜欢与他玩。他不跟同学交谈，同学们也不喜欢与他交谈。他孤单，无助，上课他从不举手回答问题。老师叫到他，他站起来，埋着头说不知道。老师很生气，却也无可奈何。

不是每一个老师都不关心他，他的班主任就特别注意到他。班主任看到他一天比一天消沉，心里很不是滋味，她知道他曾是一个自信阳光的男孩。

那是一个下午，他们上了一节班会课，班主任说今天的班会课举行一场书法比赛，优秀的同学将会得到奖励。班主任此言一出，同学们纷纷响应，一个个拿出笔和本子，准备接受挑战。班主任指定一篇课文，让大家抄写。班主任话音刚落，同学们就动起了笔。

班主任笑了，她在教室里走来走去，走到他身边说，写得好，我很喜欢你的字！这句话让他心里非常舒坦。在这所新的学校，这是他听到的第一句表扬。是的，他的字写得好，在小学的时候，每一位老师都这么说，他自己也这么认为。今天，他写的这一手好字，再一次让所有的同学刮目相看。

以前，他上课不认真，但是这节课，他无比认真，全神贯注，他笔下的每一个字都让他无比兴奋。他想他的字肯定是班里最优秀的，他肯定会获奖。

下课的时候，他将本子交给了班主任。他期待着好消息。

第二天一早，班主任就公布了书法比赛的结果，他果然是第一名。班主任给他和前几名的同学发了笔记本，他的笔记本与众不同，最高档。班主任发完奖品后希望大家向他学习，说以后还会不定期举行比赛。

下课的时候，班主任让他到办公室，他有些忐忑不安，跟在班主任后面进了办公室，班主任指着一张板凳对他说，你坐！看样子，班主任不是批评他，要是批评他，就不会叫他坐，只会叫他站。他受宠若惊，坐了下来。

班主任在他对面坐下，问他，你获得书法比赛第一名有什么感受？他笑着说，我高兴！班主任说，仅仅只是高兴吗？他说，还有，我很优秀！

班主任笑着说，对，你很优秀！我知道，在此之前，你一直在同学们面前感到自卑，抬不起头来。你来自农村，家里条件差，穿得不如大家，吃得不如大家，学习也不如大家，你心里一定很难受。

他沉默了，原来这一切班主任都了如指掌。班主任说，桃花春天开放，荷花夏天开放，菊花秋天开放，梅花冬天开放，每一朵花都有开放的时候，每一朵花开放的时候就是自己的春天。桃花开的时候，别的花不会自卑，它们默默地等待，因为它们知道，它们也会开放，也会灿烂，并不比别的花差劲。其实，每一个孩子，都是一朵花，都是优秀的，都有自己的春天。你说是不是这样？

他想了想，点了点头。此后，他不再自卑，他抬头做人，大大方方地

与同学们交谈，高高兴兴地与同学们玩耍。因为自信，他的成绩一点点提高；因为自信，他的字越写越好。他越来越受老师和同学们的欢迎，所有的人都因为班里有他这样一位同学而感到骄傲。

许多年之后，他成为一名老师，他还是一名书法家。他的书法作品被学生们纷纷效仿。

今天的自己令他无比欣慰。他明白，每一个人都是一朵花，每一朵花都有自己的春天。

选自《思维与智慧·上半月》2014 年第 6 期

如果你站在阳光下，你的阴影将留在你身后。自卑是身体的魔咒，想要打破魔咒就要勇敢地走出去，勇敢地面对周遭的一切，才能重新焕发生机。

第四辑

Part 04

谢谢你，给我温柔

我学习成绩一般，所以大家觉得我根本不可能成为作家。难道成绩不好的人就不可以有梦想吗？我没有想要别人支持我的梦想，但我也不希望被人嘲笑。那些嘲讽像把无形的刀，刀刀都剐得我心里血淋淋的。我喜欢写作，喜欢用文字来表达内心的情感，宣泄郁积在心里的烦恼。我的脑海里总会莫名地产生一个故事，然后我沉溺在自己虚构的故事中独自快乐或忧伤，自己将自己感动。

“学霸女神”的付出你不懂

文 / 阿杜

凡事欲其成功，必须付出代价——奋斗。

——爱默生

一

在别人眼中，我是个十足的幸运儿。他们说我是上帝最宠爱的孩子，是容貌与智慧并存的学霸女神，以为在掌声和赞美中长大的我，一直过得消遥自在。

他们并不知道，我不快乐。

我时常觉得自己像只上紧发条的钟。每天放学后，我不是要赶去艺术学校练声乐、学舞蹈，就是在去英语、奥数培训班的路上。老师布置的作业，我只能在课间完成，晚上回家后，还要抓紧时间复习和预习。

多年来养成的习惯，有一件事没完成，我上了床也睡不安稳，保持第一真的不容易。课堂上，我从来不敢掉以轻心，我总是打起十二分的精神，思路紧跟着老师转，课前的预习尤为重要，课后的复习则是巩固知识点。

我能歌善舞，琴棋书画，样样皆能，经常参加各种比赛，获奖证书厚厚的一摞，学习成绩还总是第一名，可是没有人知道我为此付出了多少努力，我有多累。参加舞蹈比赛，为了一个精彩的亮相，我要成百上千次地练习同一个动作，直到汗流浃背；每次考试前，我都要争分夺秒地复习。

其实，我取得的每一点成绩我都付出了很多。我从不觉得自己聪明，我仅仅是比别人付出了更多的努力而已。

二

我的同桌林飞是个无忧无虑的男生。

林飞成绩一般，但性格开朗，热爱运动，整天风风火火地跑进跑出。他总是一身臭汗味，额头上闪烁着晶莹的汗珠，可能是经常在太阳下运动的缘故吧，皮肤黑黑的。我取笑他是“掏煤球”的，他也不介意，还乐呵呵地对我说：“我愿意做学霸女神身边的小煤球。”

我的脸瞬间涨红了，我哪是什么学霸女神呀？我只是一个不服输的平凡女生。只是林飞那么叫着，脸上诚恳的表情满足了我小小的“虚荣心”，哪个女生不愿意当女神呢？但我还是假装恼怒地说：“去，谁是女神呢？我才不要，我是女汉子。”

“明明就是一个如花似玉的女神。”林飞的嘴像是抹了蜜，把我哄得心花怒放。可能就是这个原因吧，我喜欢在繁忙的学习中和这个不着调的同桌聊上几句。

我和班上的其他同学关系淡淡的，也不大交往。我虽然有心想和大家保持友好的关系，但在大家眼中，我一直是高高在上，傲慢又不大好相处的女生。他们很尊重我，但彼此间总是隔着距离。

我不是很介意别人会如何评价我，就像妈妈说的，嘴巴长在别人身上，别人怎么说是别人的事。我确实也没时间去计较这些，每天完成满满的安排已经让我精疲力竭了。

但我对友情还是有期待，只是很多时候，我不知道要如何去赢得别人

的友情。我虽然很想在课间和他们一起聊聊明星八卦，很想放学后和他们一起去逛逛街，但时间就那么多，我兼顾不了，而友谊是需要时间经营的。

三

林飞告诉我，班上的同学都很羡慕我。我笑了笑表示感谢，只是心里在想，如果他们知道了我每天马不停蹄地奔波在各个培训班，知道了我为了考高分常常强迫自己学习时，可能就不会那么羡慕我了。

父母一直对我要求很严格，我顺从地接受了。父母就是很努力的人，我从小看着他们，有样学样，想不努力都不行。小的时候不懂事，也因为学习累了闹过情绪，还会趴在窗台上看小区里的孩子玩得昏天暗地而羡慕不已。但慢慢长大后，我就习惯了忙碌的学习，要做最好的自己，就要付出最大的努力。这是在一本书上看见的，我把它当成人生信条。

但是年轻的心里也会渴望能够过得轻松一点，偶尔也会想，人生那么长，真的有必要让自己变成一只上紧发条的钟吗？我这样下去，会不会有一天把自己的神经绷断了？随便学，我也不至于太差，有必要为了出类拔萃付出那么多的努力吗……心里的矛盾时时涌动，连带着情绪也变得反复无常。

别看林飞成绩不出色，但我有时也会羡慕他。他做的很多事情，仅仅是因为他喜欢，享受的是过程，而不会在乎结果。他可以没心没肺地放声大笑，就算刚及格，也能高呼“万岁”；他敢逃掉不喜欢的课，宁愿被老师罚跑操场；他可以不用上残害脑细胞的奥数班，与一群同学嘻嘻哈哈地跑去喝冷饮，过得轻松自在。

我做不到林飞这样随心所欲，任何比赛，每一次考试，我都想得到最好的名次，并且为此全力以赴。付出了，也收获了，但快乐的同时，心里却会莫名地产生失落情绪。

我不知道自己是怎么了，这种矛盾的心情一直纠缠着我，我不知道快乐到底是过程还是结果。

我找不到答案。

选自《新青年 · 珍情》2015 年第 3 期

青春的路上，懵懂、徘徊。我们既想做一个备受瞩目的佼佼者，又想成为一只不受约束自在飞翔的鸟。

是什么抚平青春的伤口

文 / 冠豸

爱就是充实了的生命，正如盛满了酒的酒杯。

——泰戈尔

一

还在乡中学时，江英和我同宿舍。

她盖的被褥是一块块完全不同的花布拼在一起的，要多土有多土。她头上扎的两根麻花辫，最让我无法忍受，可她全然不知我的反感，经常主动来找我说话。

我是初三时才从省城打工子弟中学转回老家的，从小我跟随外出打工的父母在城里读书，那种漂泊的岁月就像无根的浮萍。我在城里读了八年书，去过四个城市，随着父母打工地点的变迁，转了很多次学。

在陌生的班级里，我总是很难得到一点温暖，在我努力融入班集体时，又一次新的转学开始了。一直以来，我就没有一个可以长久相处的、可以说悄悄话的好朋友，从陌生到熟悉，从熟悉到离开，一次次周而复始，我疲惫了。随着年纪的增长，我越发不愿意打开心扉。

刚转学回老家时，我真的不习惯。我虽是漂在省城的打工子弟，但毕竟是在城里，什么新奇的东西没见过？想着自己是一定要考出去的，我不想浪费时间跟任何人建立友谊。

二

跟父母在外漂泊多年，我明白唯有自己努力考上一个好大学，才会有好未来。这是我以后可以名正言顺留在城里的唯一途径。

于是我学习很努力。我没想到不起眼的江英，成绩居然和我不相上下。对她，我有过欣赏，但很快就因为她毫无主见的表现一扫而光了。

她是班长，别人不愿意干的事情，她都要自己动手，还时常出力不讨好，她傻笑的样子让我深恶痛绝。

我的孤傲引起众怒，同学们说我眼睛长在头上，说我不过在城市边缘寄读了几年书就当自己是城里人……种种非议我根本没放在心上，倒是江英帮我一次次解释，但我不领她的情。

我以为我们的缘分只有一年，与其到时又要因为分开而难过，还不如不要走近。

三

我没想到江英会和我携手一起考进市一中。

她喜欢和我同进同出，我却刻意与她拉开距离，因为她的一次次强调，班上的同学都知道了我们是一块儿从乡下考上来的。她们闲聊时会说“那两个乡下女生……”这让我对江英更加厌恶。

“乡下来的”就像我的标签，即使我在城里读书多年，即使我穿价格不菲的衣服，在她们眼中，我也和江英一样没见识、没品位，可以任她们支配。

我淡然处之，我行我素，别人的快乐和我无关，我的独孤也不需要陪伴。可是江英一次次打扰我的清静，无论我在哪儿，她都能找到，然后挨着我坐。在她兴高采烈地和我说话时，我总在她错愕的目光中转身离开。

那么明显的拒绝，江英怎么会不懂呢？可她看见我，还是主动搭话，特别是回到宿舍后，更是积极主动，抢着帮我洗衣服。

同宿舍的女生不解地问：“江英，她都不领情，你干吗对她那么好？”

江英笑着说：“我们是一起从乡镇中学考来的，理应互相照顾。”

躺在床上看书的我，再次听见这句话，火气突然就上来了，我瞪着江英说：“你是你，我是我，别总把我和你扯到一块儿。”

当江英抿着嘴，颓然低下头时，我心里莫名地刺痛起来。

四

严丽联合班上的女生为难我，她们藏了我的课堂笔记，把我交上去的作业撕毁。

我质问严丽，她倒也承认，还噘嘴反问我：“那又怎么样呢？乡巴佬。”

我二话不说，直接扫了她一记耳光。严丽没想到我敢打她，一时愣住了。

班上的同学也看呆了，只有江英跑过来拦在我们中间。急红眼的严丽，一撒手把江英推了过来，一只手顺势扯住我的头发。我在挣扎中，用力甩开严丽的手时，却一把将江英推了出去。一个趔趄，江英一头撞在桌角上，额头上顿时鲜血直流。

我和严丽都呆了，恰在这时，老班进了教室。看见额头流血的江英，他赶紧送她去校医疗室处理伤口。我傻了，看他们匆忙离开教室的身影半天缓不过神来。

大家众口一词，说我先打严丽一耳光，然后又推了前来劝架的江英。老班为此狠狠地批评了我，虽然江英一直在向老师解释我不是故意的，但我还是被处分了。

我不想为自己解释，只是看见江英额头的伤口时，心里会隐隐难受。

五

江英的友善赢得了大家的喜欢。

看见一脸笑容的她，我匆忙躲开，我不想被她看见我的落寞。为了面子，我一直倔强地不肯对她说那三个字。

圣诞夜，她们结伴出去玩，宿舍里只剩下我。望着苍茫的夜空，我站在窗前，泪水不知不觉溢出眼眶。我的生日，却没有一个人为我祝福。

“小萍，祝你生日快乐！”在我顾影自怜时，宿舍门突然被推开了，江英带着几个女生涌进来，她们欢呼着为我祝福，就像我们之间从来没有隔阂。

江英利索地摆放蛋糕、点燃蜡烛，还把我拉到她们中间。

我愣愣地看着她们，半天缓不过神儿来。江英快人快语：“小萍，我报名时看见了你的生日，记住了。来，你坐中间，你是寿星。”其他几个女生也笑容可掬地用眼神鼓励我。

霍霍的橘黄烛光中，我望着眼前一张张生动、微笑的脸，泪水模糊了双眼。

“来，许愿吧！”江英说。

她们为我唱起了生日歌，我惭愧地低下头。

“许愿啦！祝小萍永远快乐！”江英热情地搂着我的肩膀。

感受着从江英身上传递过来的脉脉温暖，我的心突然就踏实和笃定了。这个我一直以来看不起的女孩，却一次又一次用真诚和善良感动我。

望着江英额头上的疤痕，我埋下头，紧紧把她搂在怀里。我再也不要故作清高的孤独了，再也不想错过身边的任何一个朋友。

那孤独是青春的伤口，唯有爱可以抚平。

选自《初中生学习·中》2014 年第 12 期

这世间所有的伤疤，唯有爱可以化解。在青春里我们都是孤独且骄傲的，可是只有我们自己知道，我们是有多渴望爱和理解。

《小时代》引发的战争

文 / 阮小青

世间最难得者是兄弟。

——程允升

一

严少宇要打何文东！这消息一出，班里顿时引发轩然大波。谁都知道，平日里，严少宇跟何文东好得可以穿一条裤子，昨天俩人还说周末要一起去看郭敬明导演的《小时代》，怎么才一天就忽然冒出这么不可解的深仇大恨？

传消息的人，跟严少宇关系不错。他咬定，这话是严少宇亲口说的。听完之后，所有人都一头雾水。

别说在班里，就是在全校，何文东也是赫赫有名的人物。当初这所学校扩建操场和校舍，何文东他爸可是一次性捐了三百万。正因如此，成绩倒数的何文东才能坐在风水宝地和严少宇这样的尖子生成为同桌。

严少宇是特困生，这谁都清楚。他每年的学杂费都是用奖学金交的，而奖学金的设立者，不是别人正是何文东他爸。

其实很多时候，大家都搞不明白，为什么严少宇跟何文东能玩在一起。俩人不管是家庭背景还是学习成绩，都有着天壤之别，真不懂他们之间有什么共同话题。

不过严少宇要打何文东这个事情，好像是越来越真了。现在的时间是早上 11 ：15，第四节课是班主任的课，何文东至今没有出现。要知道，这小子成绩虽然倒数，却从不无故缺课。

下课时，班主任刚走出教室，严少宇就做了一件让全班同学目瞪口呆的事情——他竟然把何文东的课本全部扔到了教室角落的垃圾桶里！

大家都被这突如其来的一幕吓坏了，同学两年，还没见严少宇发过这么大的火。

看来，严少宇跟何文东这场架是在所难免了。

二

下午，何文东还是没来。

整个学校都传疯了，大家都在四处打听，他俩到底发生了什么事情，竟然会让嚣张跋扈的何文东怕得不敢来学校。

其实按照常理来说，严少宇是说什么都不敢动何文东的。他要真打了何文东，别说记个大过，开除都有可能。就是不开除，奖学金也肯定没了，怎么算，都是赔本的买卖。

下午第一节课刚下，眼保健操的音乐还没响起，教室的广播里就传来了校长的声音："243 班严少宇，243 班严少宇，赶紧来教务处一趟！赶紧来教务处一趟！"

教室里，所有目光都盯向了严少宇。大家心里满是问号，是不是何文东他爸已经知道严少宇要打他儿子了？严少宇去教务处是不是要被狂打一顿？

严少宇刚进教务处，门口就围上了一堆人。

"这是不是你的字？"校长冷冰冰地问。

“是的。”严少宇低着头。

“你知不知道我们学校的校规第一条是什么？禁止谈恋爱，禁止谈恋爱，我每个星期都在大会上说，你听不进去吗？”

“校长，这字虽然是我的，但这信不是我写的！”严少宇急得差点掉眼泪。

“字是你的，信不是你写的，这什么逻辑？告诉你，这封信，可是刘翠同学亲自交给我的！你成绩那么优异，本该把心思花在学习上，怎么能这样呢？太让我失望了！”

严少宇还没从教务处出来，学校就一片沸腾了。

这神秘的刘翠是谁？一番查探才知道，原来是隔壁班最丑的女生。

三

“听说没？严少宇追刘翠耶！这小子，估计是读书读傻了。更离谱的是，他竟然在信里约人家去电影院看《小时代》哦……”

严少宇一下子成了全校学生茶余饭后的谈资。事实到底是怎样呢？

严少宇给何文东打的电话，说明了一切。

“何文东，我把你当兄弟，当最好的朋友，你怎么能这么耍我？你说你喜欢刘翠，说她朴实、善良、不与人争。你要我帮你写情书，好，我帮你写了，但你怎么能落上我的名字交给刘翠呢？现在好了，她把信直接给校长了……最好别让我看见你，否则我一定砍了你！”

“宇哥息怒，息怒，你听我解释啊，我当初想的，不过是个恶作剧而已。你不是约我去看《小时代》吗？记得不？你明知道我不喜欢郭敬明的，你还非得让我陪你去。于是我就想啦，不如恶搞你一下，把电影票给刘翠，到时候让刘翠坐你旁边陪你看《小时代》。可谁知道，这以貌惊人的刘翠，竟然会出这一招！冤枉啊，宇哥，我真的没有害你的意思……”

“那你跟你爸说，这个事情是你一手搞出来的，让他来跟校长说明。”

“宇哥，你又不是不知道我爸的性格，我天天倒数，我爸就够丢脸了，就因为我从不逃课，所以他才暂且忍着我，给我活路。要让他知道我弄这么个事出来，他非斩了我不可！”

后来严少宇跟何文东在学校对面的奶茶店打了一架，第二天，两人都鼻青脸肿地来学校。

严少宇被老师调到了后排，而学校也在观察他近期的表现，考虑是否处分。

四

严少宇跟何文东说，以后就算死，也不会要他爸设立的奖学金。何文东急了：“你不要这钱，你哪来学费？你疯了吧！”

严少宇倔起来的时候，十头牛都拦不住。他不知从哪儿搞了辆破自行车，一有时间就在学校和大街上晃悠，捡各种瓶子驮去废品收购站卖。

何文东气得不行，但也没办法。他原本以为，严少宇不过是为了出口气而已，过段时间肯定好起来，可谁知道，这小子是真疯了。期中考试在年级前五名者，都会有一千块的奖学金。当然，老规矩，这钱还是由何文东他爸出。

严少宇跟那些大牌明星一样，还给自己来个现场炒作。不但拒领这份奖学金，连何文东他爸授予的奖状也不要了。

何文东觉得严少宇的脑子肯定烧坏了，要是不给他点颜色看看，他都不知道自己是谁了。于是，何文东雇了两个低年级的学生，成天没事就去单车棚给严少宇的自行车放气。

严少宇载着大堆的矿泉水瓶，呼哧呼哧地推着自行车走。

连续几天都这样，严少宇早就发现事有蹊跷，明明好好的自行车，怎

么天天都没气呢？

体育课，严少宇蹲在单车棚后面，透过小缝往里看，准备守株待兔。

也不知是哪根筋不对，何文东今天竟然自己亲自前来放气。

结果可想而知，他的钉子还没戳进轮胎里，就被突如其来的一脚踢翻在地了。何文东虽然自知理亏，但面对如此大辱却毫不退让，站起来就是一记飞拳呼在严少宇脸上。俩人在单车棚里扭打得噼里啪啦，最后是学校保安出面，才把他们拉开。

严少宇还没过观察期就公然动手殴打同学，影响极其恶劣，虽然其成绩优异，但绝不能因此姑息，所以，学校决定给予记过处分。特此通报，望全校学生引以为戒！

五

几天后，何文东在给严少宇的道歉信里说："哥们儿，这都是《小时代》惹的祸。你明明知道我不喜欢郭敬明，还硬要逼我去看他导演的电影。你说，如果你不逼我去看《小时代》，那我就不会把你的信交给刘翠；我不把你写的信交给刘翠，刘翠又怎么可能交给校长？校长没有收到这封信，又怎么可能责罚你？我们又怎么可能闹到今天这个地步？哥们儿，罪魁祸首，都是你的《小时代》啊！"

严少宇没回信，这么大的委屈憋在心里，任谁都不会善罢甘休。他仍然骑着他的破自行车到处捡瓶子，只是，再没有人去戳他的轮胎放气了。

从某种程度来说，严少宇成为现在这个样子，责任几乎都在何文东身上。如果他勇敢一些，说出真相，事情也许远远不会那么糟糕。何文东不愿承认，就算严少宇说出来，也于事无补，毕竟信上的每一个字都是严少宇亲笔写的。严少宇算过一笔账，要把下学期的学费凑够，每天至少要捡一百个塑料瓶子。

离开严少宇，何文东很快有了新朋友，成天在学校里嘻嘻哈哈，好不开心。可是，没人知道他心里的难过，好多次，他都想和严少宇一起捡塑料瓶子，但始终没有弯下身的勇气。就好比一个月前，他没有主动承担错误的勇气一样。

去鱼塘边散步的人不少，在那儿总是很容易就捡到几十个可乐瓶子，严少宇几乎每天都要去转一转。

严少宇为够一个鱼塘里的可乐瓶子不小心掉下去的时候，何文东正在篮球场上挥汗如雨。

有人在鱼塘那边大喊："有人落水啦！有人落水啦！"

何文东原本是抱着凑热闹的心情过去的。

鱼塘周围，站了不少学生，却没一个敢下去。

何文东看到了那双在池塘里扑腾的手，左手上的那条手链，是他送给严少宇16岁的生日礼物。

不知从哪儿来的勇气，何文东竟然一个跃身跳进了池塘里。跳进池塘之后，他才想起，原来自己也是一只旱鸭子。

见义勇为的壮举，立马变成了泥菩萨过河。

何文东只能屏住呼吸，不停地把手伸出水面求救，这是唯一的办法。

他感觉自己正在慢慢往下沉，力气也逐渐消失。他憋足了气，不敢张开嘴巴，他知道，只要呛到一口水，他立马就会失去知觉。

几十秒的等待，像几年一样漫长。

在被体育老师救起的一刻，何文东看见严少宇趴在鱼塘边吐得翻江倒海。

严少宇被呛得两眼通红，他瞅了一眼何文东，断断续续地说："咳……咳……你……你……不会游泳……咳咳……跳…跳下来干嘛？想死啊？"

何文东苦笑一下，从容地道："小子，我今天刚买了两张《小时代》的

票，我是怕你死了没人陪我看，懂不？”

说完后，他们抱在一起，哭了。

选自《少年大世界·C版》2013年第10期

那时候，我们好得可以穿一条裤子，睡一个被窝。没有什么能把我们打散，哪怕是矛盾，那个时候，真好！

你没有资格嘲笑我的梦想

文 / 罗光太

走得最慢的人，只要他不丧失目标，也比漫无目的地徘徊的人走得快。

——莱辛

一

“喂，大作家，你最近又写了什么伟大著作呀？拿出来让大家乐一下，我们好帮你提提建议，万一有一天你成名了，可得记住那都是我们的功劳。”

“呆瓜，你还整天捉摸你的文章呀？我告诉你，没用的，就凭你的智商，根本不行，连学习都搞不好，你以为你能成为莫言呀？”

“写什么写？脑子有病。人生短暂要及时行乐，走，兄弟们，我们玩去吧，留下这个大呆瓜，让他一个人写去吧。”

……

每天在学校，我总要面对狂轰滥炸般的言语伤害。我很后悔在“我的理想”为主题的演讲比赛上说出了一直埋藏在心底的秘密——我想成为一名作家，我没有想到事情最后会演变成这样。

我学习成绩一般，所以大家觉得我根本不可能成为作家。难道成绩不好的人就不可以有梦想吗？我没有想要别人支持我的梦想，但我也不希望被人嘲笑。那些嘲讽像把无形的刀，刀刀都剐得我心里血淋淋的。

我喜欢写作，喜欢用文字来表达内心的情感，宣泄郁积在心里的烦恼。我的脑海里总会莫名地产生一个故事，然后我沉溺在自己虚构的故事中独自快乐或忧伤，自己将自己感动。

我把这些感动过自己的故事化为文字，一篇又一篇收藏在文件夹中。成为作家的梦想在我心里埋藏很久了，我一直在努力，可是当我把它说出来后，我遭受了太多的讽刺和嘲笑。

二

我的同桌李强伟是一个不学无术的富二代，他说他最鄙视我这样的“假正经”，每次看见我在看书，他就会一脸鄙夷地说：“看看看，真以为自己会成为大作家，也不撒泡尿照照自己。”有时，他不仅言语上攻击我，还会把我的书抢走，几个人扔来扔去闹着玩。

刚开始我默默忍让，虽然他的成绩很差，但体育好，为班级争夺过不少荣誉，在班上人气很旺。我还听同学说过，他家给学校很多赞助，连老师都对他另眼相看。

惹不起他，我就躲，尽可能不与他交往，更不想与他产生冲突。父母一直告诫我不要与同学发生矛盾，我自己的性格本身也比较怕事。可能李强伟也看出了我的躲避，觉得我懦弱，他便更加变本加厉地嘲笑我。

有一次，他甚至把我写到一半的文章抢过去，在班里大声朗读，他阴阳怪气的语调，把我的文章读得不伦不类引得大家哄堂大笑，甚至有同学为了捧李强伟的场，还故意尖叫起来。

我抢了几次都没抢回自己的文章，警告他别太过分，他却得意扬扬地说：“怎么样？亲，你还想打我不成？”然后故意用手支起我的下巴恶心我。

“李强伟，你要小心哟，要不然哪天大作家一生气就把你写进他的文章里，把你写成一个缺胳膊少腿的花心大萝卜，到时候你就得求他帮你恢复名誉了……”一个同学煽风点火想激起李强伟更多作弄人的伎俩。

“是是是，我差点忘记了，我的同桌是个呆瓜大作家，他手中的一支笔可是掌管着天下苍生的命运，他到时候把我们都写成坏蛋啦！好了好了，我还是先讨好讨好他，以后把我塑造成一个杨过那样的大英雄，杨过可是我的偶像呀……”李强伟在大家的笑声中滔滔不绝地演说，还边说边演，我坐在位置上，一直强忍住眼眶中的泪。

“李强伟，你看大作家要哭了，还是算了吧！”

“哦，要哭了？那就哭吧，哭吧，反正男人哭吧，不是罪。”李强伟乐着说，不过，他可能确实也看见我的眼中噙着泪，算是放过我了。

“你不会这么小气吧？开个玩笑也要哭，大作家，不哭哟！”李强伟在上课铃响起时又刻意趴在我的耳畔小声低语，他装作很友好地搂着我的肩膀，见我没搭理他，又继续说：“考试还得靠你，虽然你的成绩也不怎么样，但好歹可以让我抄个及格。”

我瞪了他一眼，没说话，虽然心里很难过，但我不知道要如何做才好。他打着开玩笑的幌子来嘲笑我伤害我，我拿他没撤。我打不过他，而且打架的行为很低级，会受到学校处分，万一父母知道了，我也不好交代。

三

在班上，我总是沉默寡言，独来独往，是别人眼中的“另类”。

语文老师是学校里对我最好的人，他很喜欢我的作文，每次都给高分，而且时常当成范文在班级里读。可是老师这样鼓励我，却也在无形中给我造成了压力，同学更是因此嘲弄我，取笑我。语文老师一直不知道我在学校里的情况，只觉得我是个内敛低调的学生。后来他可能也听到了一些风声，于是来开导我。

“有梦想是件很美好的事，而且你一直在努力实现它，这更是难能可贵的。可能许多人也有这样那样的梦想，但又有多少人在为自己的梦想做努力呢？没有人能随随便便就成功，梦想的实现是要经历千辛万苦的……

别人的嘲笑你要把它当成一种鞭策，谁在实现梦想前都会听到类似的声音……”老师的语气平静，他说得很慢，让我有时间去思考。

离开时，老师拍着我的肩膀很肯定地说：“我相信只要你一直努力，梦想早晚会成真的，加油！”我抬头望着老师的眼睛，抿住嘴，挤出一个“嗯”字。我心里的梦想之火在老师的鼓励下越燃越旺了，我不知道要如何表达自己的激动，只能用最简单的一个“嗯”字来表达我对老师的承诺。

我要按老师说的做，不仅要写好文章，也要把学习成绩提高上去。老师说得对，写作并不是一朝一夕的事，只要喜欢，只要想写，就可以用心经营一辈子。

我想好了，我要先把成绩提上去，以后在不影响学习的情况下写作，那些故事在我脑海中早晚是可以生根发芽的，不急。于是有一段时间，我放下了手中成天抱着的国内外名著，放下了厚厚的习作簿，搁置起键盘，拣起数理化课本，虽然不喜欢，也要努力学好。

四

没有人明白我怎么突然就不那么热衷看书了，于是各种疑问和嘲笑又向我涌来。

“大作家，不写作啦？放弃啦？原来你也只是三分钟热度，我还以为你会多坚持呢！你和我有什么区别？”李强伟看我有段时间没再埋头写作时，好奇地问我。

“我和你根本就不一样，你有梦想吗？你努力过吗？”我头也没抬，顶了一句话回去。

“哟！会顶嘴啦？还理直气壮的？亲。”李强伟说着又趴过来恶心我。

“尊重点，恶心我也是恶心你自己。”我推开他的手，不屑地说。

李强伟悻悻地挪回位置，他不相信一直被他欺负不敢吭声的我，居然也敢顶嘴了，而且还甩开他的手。他气乎乎地说：“你有什么了不起呀？你以为你真是什么大作家吗？呆瓜，玩笑都开不起，你以为你真能成为莫言呀？我才不信。”

我没再说话，只是转过头认真地看着他，看他说话时脸上变化的表情，突然觉得他很可怜也很可笑。他倚仗家里有钱，是个“富二代”，不学无术，没有梦想，更不知道努力是何物，他这样的人有什么资格嘲笑我的梦想呢？可悲的人不是倒在途中，而是从未出发。

在李强伟絮絮叨叨地责骂我时，又吸引了众人的眼球，有人关注他就兴奋起来，肆无忌惮地再次嘲笑我的梦想，几个和他一样的同学跟着附和。

实在是忍无可忍时，我站起身，勇敢地面对李强伟说：“你没有资格嘲笑我的梦想。你有梦想吗？你努力过吗？有梦想是件很可笑的事情吗？值得你这样一次又一次哗众取宠吗……”

我没想到，我的一席话说完时，会赢得掌声一片，还有同学为我欢呼叫好，同时我看到李强伟的脸涨得通红。

选自《学苑创造·C版》2015年第4期

理想远大并不可耻，可耻的是没有目标，精神和行动一样空虚。

谢谢你，给我温柔

文 / 阿识学长

人春才七日，离家已二年；人归落雁后，思发在花前。

——薛道衡《人日思归》

小老头长得真帅

我五岁生日的那天许下两个愿望：一个是长大后做个举重运动员，这个梦想在我体重定格在 50 公斤时破灭了；另一个梦想是能有一个人用自行车载我上学。每天背着绿色的单肩书包，独自在泥泞的路上挣扎着走，我就会情不自禁地流下眼泪。

我的第二个梦想在我六岁那年终于实现，用二八型自行车载我上学的小老头出现了。我的小老头很酷，像《还珠格格》里紫薇的爸爸，宽阔的脑门，上唇长着墨黑色的小胡子，他笑起来会让人的心里感到甜酥酥、暖洋洋的。

那年，村子里的人纷纷涌进沿海城市打工，我的爸妈也不例外。他们白天在房里收拾衣服，晚上背着我，一下子就搭上了野鸡车，呼啦啦地走了。我于是被小老头接手了，那时的我瘦得像只小猴子。

小老头那会儿还不到 60 岁，走起路来气宇轩昂，这得益于他卖了十多年的猪肉。他一进我家的门就径直把我爸妈臭骂了一顿：“不带崽里（娃），出去坞蛇里切（干什么）？”

我张开着双臂朝小老头跑去，他抱起我，把我放在自行车前段的长杠上，两手稳稳地抓着车把。我用脸贴着他的胸口，高兴地朝他喊“爷爷，爷爷”，他就乐呵呵地应着。

小老头，我帮你杀猪

我从小就比别人家的小孩子伶俐一些，我懂得察言观色，谁对我好，我会加倍对他好。我知道小老头对我好，他是宠爱我的。

跟小老头一起生活，我感到非常开心，他常常教我背唐诗宋词，给我讲好笑的故事。他还会带我去别人家收购生猪，他说他负责抓猪头，我就负责拽猪尾巴。可有一次，邻居家的母猪发飙了，它脚那么一踹，就把我踢出了猪栏，我躺在石子路上哇哇大哭起来。

小老头被吓坏了，赶忙跑到我跟前，用手不停地抚摸我的小腿，问我痛不痛，我说很痛，而且哭得更厉害。

小老头气得咬牙切齿，一转身便怒发冲冠地跑进猪栏，他用手一把抓住猪头，将母猪按在地里：“阿（我）让你作怪，阿硬会打死不你切（我一定会打死你不可）！”看着小老头那一股子狠劲，再听着母猪发出来的一阵阵哀号声，不一会儿我就笑得合不拢嘴。

小老头得意扬扬地跑到我身边：“娃，阿帮你打了猪。”又顿了顿，说“该死的猪，呸！”小老头用力朝猪栏吐了一大口唾沫。

喜欢，就站在你身边

邻居阿离家的葡萄晶莹剔透，我偷偷摘了几颗塞进嘴里，却酸得直流眼泪。阿离笑话我是个好吃鬼，我用力拽住她的马尾辫，边拽边问：“谁是好吃鬼呢？”

直到我得到满意答案才放手回家吃晚饭，却被阿离的妈妈堵在家门口。她指着阿离被我拽得又红又肿的脖子，叉着腰，厉声呵斥：“谁家的野孩

子？跟你那个坏爸爸一样狠毒！”

我低下头，看着自己的脚趾头，任她戳脑门儿。突然，我听见一声铿锵有力的怒吼：“胡离她妈，我老头子还没死！你在骂谁呢？”

我抬头，看到小老头挡在我面前：“小孩子闹着玩，还能没有个磕磕绊绊的？你的话，说得真难听！”小老头气坏了，喘息声很大，我吓得直打哆嗦。

我们回到家，小老头从抽屉里掏出一瓶药，往嘴里塞了好几粒。他患有哮喘病，我妈妈也有这种病。

有一次，妈妈哭着给我打电话说，爸爸在外地有了小媳妇，她每天和爸爸吵架都会气得晕过去，村里人都拿这事笑话我没有一个好爸爸。

我急得满头大汗，拉着小老头的手喊：“爷爷，爷爷……”

他舒缓过来，用粗糙的大手为我擦掉脸上的泪花：“都怪爷爷不好，怪爷爷没有替你管好爸爸。”

八岁的我开始明白，就算别人都不喜欢我，爷爷也会站在我身边。

我不要再偷吃你家的葡萄

我慢慢长大，不再偷吃阿离家的葡萄。我和阿离绝交了，当着她的面把小老头从镇上买回来的葡萄扔在地上，说：“给，我不欠你的了！”阿离张大嘴巴看着我，她很吃惊。

我本来是下定决心不再搭理阿离的，但有一天，我坐在院子里，她靠过来，从口袋里掏出一粒粒葡萄，我努力地把眼睛挪开。

阿离家种的瓜果都是圆滚滚的，她家的葡萄好吃得不得了，上次偷摘的时候还是青色的，现在像一颗颗紫色的水晶。我忍不住倒吸了几口口水，她又往我身边靠近：“鸡架子，以后我给你摘葡萄吃，好不好吗？”

我还是别着头，阿离又说：“我家的葡萄谁也不准摘，全是你的！”

“扑哧”一声，坐在一旁的小老头忍不住笑了。

我迅速抓起一粒葡萄，剥好了递到小老头的手里：“爷爷，你吃！”

小时候对幸福的要求总是那么简单，我跟阿离冰释前嫌了。

她家的葡萄从此成为我的专供，一吃就是八年。每年夏天，我都会站在葡萄架下，看着风吹来的方向。阿离说，葡萄被风吹得左右摇摆时，代表有人在想念我们。没风的时候，我会叫阿离蹲下，站在她的肩膀上伸手去摘，她紧紧地抓住我的腿：“鸡架子，多摘一些，多摘一些大个的啊！”

我突然明白，长大就像树上的葡萄从摇摇欲坠到掷地有声，那年我 16 岁，阿离 17 岁。

小老头，我要离开你了

中考过后，有天我听到屋里传来争吵声，爸爸说：“我知道你舍不得崽里（我的乳名），但你也要为他着想，镇里的高中怎么能跟城里比呢？”

刚开始小老头还会争辩一两句，最后就只剩下长吁短叹。

完了，小老头也不要我了。

我跑出家，悄悄去找阿离，说：“我爸要带我去城里，以后再也不能一起上学，再也吃不到你家的葡萄了……”

她摘下一大串葡萄，拉起我的手撒腿就跑。

“我们，去哪儿？”

“去他们找不到的地方。”我抽抽鼻涕，瞬间觉得阿离变得成熟美丽。

其实阿离也不知道去哪儿，我们一直顺着那条泥泞的小路走，觉得走了好远，但最后，我还是被小老头逮到了。小老头第一次打我，我没哭，只是恨恨地瞪着他。

第二天，我被爸爸抓到车上，我奋力地反抗着，一直叫：“爷爷，爷爷！”声音尖锐刺耳，就像当年爸爸撇下妈妈一个人跑去深圳，那是一座不会因我们的哭声而停止脚步的城市。小老头这次没来救我，连阿离也被她的妈妈关在屋里。

车渐行渐远，小老头重重地趴在了地上。

长大，原来是在渐渐忘了小老头

到了新学校，我不爱说话，没有朋友。爸爸特别忙碌，我在学校住，我们偶尔见一面，他很在乎我的成绩，我就直接把成绩单丢给他。他再多问几句，我就会觉得烦，立马将自己锁在房里，蒙头抽泣。

一天中午，爸爸喝醉酒，他问我："你是不是只把爷爷当亲人？"

我点点头，他叫我滚，我二话不说，转身就搭了末班车回老家。我远远地躲在没人注意的角落里，看爷爷和买猪肉的人聊天。他是个健谈的小老头，他依旧挥舞着大屠刀，有说有笑。我有些难受，原来没有我的日子，他一样过得很好。

我正要离开，爸爸就到了，哭着问小老头有没有见到我。小老头急了，发动村子里的人帮忙找，连阿离都跑出来了。我蹲在角落里，莫名地觉得开心。

但没过多久，小老头突然大口大口地喘气，我立马冲上前，将兜里买回来的药掏给他："爷爷，快，快吃药！"小老头看了看我，又摸了摸我的脑袋，泪不停地掉下来。

回城那天，小老头问我："为什么来了都不回家？"我看着他那张枯瘦的脸，把手掌贴在他脸上，说："爷爷，等我长大了，就接你到城里去。"

那次回城以后，我不再排斥爸爸的爱，也试着对他好。年少总是纯真无邪，我缓慢又积极地成长，渐渐有了新生活、新朋友，过去的日子日渐模糊，忘了阿离，也忘了小老头。

对不起，有关系

体重止于 50 公斤的时候，阿离出现了。她站在我面前，投下一片浓烈的阴影，笑容依旧那么灿烂，我们三年没见了。

她大叫一声："鸡架子！"然后像小时候一样不由分说拉起我的手就走，她说要送给我一份生日礼物。

"干吗？我不想去。"

她兴致勃勃："鸡架子，你见到他一定会很开心。"

她轻易地拖着我走了半个校园，我挣扎，她不肯松手。我实在气不过，甩了她一巴掌。

阿离愣在那里，看着我，我拉下脸解释，故意说："胡离，我记仇，你妈骂过我，你以后别来找我了。"她怔了好久，仿佛不认识我一般，却没有松手，好久才哽咽着说："你爷爷在门口，他想见你一面。"她始终没有松手，直到最后，把我的手交到小老头手里。别过头，说："我以后不会再缠着你了！"

我也别过头，泪水模糊了视线，不知道是为我和小老头能久别重逢，还是为和阿离彻底决裂。

后来，我再也没有见过阿离。原来一个人要是不想见你，会消失得悄然无声，恍如隔世。

崽里的葡萄飞走了

高考之后我去了南方上大学，日子简简单单。大二期末，我接到爸爸的电话，火急火燎地赶回老家。小老头走了，支气管肺泡癌晚期，我没见到他最后一面。

爸爸喊了一声小老头"爹"便晕了过去，我静静地看着睡在瓦片上的老头，他换了新装，他要去旅游了。我记得好多年前小老头总会喊我一起帮他晒寿衣，小老头说："多晒晒寿衣，人的命会更长。"

我跪下来，把手掌贴在他冰冷的脸颊上，我 18 岁时也曾做这个动作，那时我对他说："爷爷，等我长大了，就接你到城里去。"他当时笑得那么开心，胡子在嘴上激动地跳舞。

如今，我长大了，却忙于填充自己的生活，让那份他日夜守着的承诺变成了一张无法弥补的空头支票。

葬礼上，我遇见阿离，想起那时因为身边站着女朋友，为了划清界限给了她一记耳光，让她撕心裂肺，她却始终没有放开我的手，我郑重地向她道歉。她却说："崽里，你别难过，生命总有尽头。"

我不难过，我只是恨自己的冷漠。

离别时，阿离和她的丈夫送我，她笑了笑："崽里，今天又是你的生日，生日快乐！"

我打开阿离送给我的十字绣：小老头在葡萄树旁卖猪肉，我在葡萄树下举重。

22 岁的我终于明白，你们曾经送给我的温柔。

选自《语文报》2014 年第 31 期

我很喜欢这样的故事，道尽人生中的温暖。那些曾陪我成长的人。我们还来不及做出爱的回应，就消失了。

会长不忧伤

文 / 后天男孩

如果我们想要更多的玫瑰花，就必须种植更多的玫瑰树。

——谚语

曾经想不起来的事，现在成为记忆的主角。曾经差点遗失在风中的少年，现在看起来就像青春的风铃，会对你唱一首青春的赞歌。

一不小心入了会

开学没过多久，便迎来社团招新活动。我在读高中时就想过，如果某天我也上大学了，我一定要加入学生会或社团之类的学生组织。在那里，我的能力将得到锻炼，我的才华将会得到展现，我将会有一群志同道合的朋友。我或许还能有一次艳遇，和某个女孩谈一场倾城之恋。

9 月的南方，太阳像一只巨大的火炉悬挂在半空中。校园里的学生就如同沙漠里行走的骆驼，就算炎热也依然昂首挺胸。

乍眼一看，操场上摆满了桌子，一大群少男少女身上挂着荣誉奖章，手上拿着宣传单，他们忙忙碌碌，掩不住地兴奋。

大学也真像极了我老家的菜市场，只是这里的生意人和消费者使用普通话。

“同学，有兴趣加入器乐协会吗？”一张大红大紫的宣传单塞在了我的

怀里，我瞄了瞄，不屑一顾。

“同学，看你这么可爱、文艺，不如加入我们书画协会吧！”我讨厌这撒谎的学长，摇了摇头。

“嗨，帅哥！赶快加入我们摄影协会哦，美女如云，想拍就拍。”骨感学姐一边抛着媚眼，一边扒拉着餐盒里的米粉。

“不好意思，我对美女不感兴趣。”我低着头，暗自发笑地说。

“哇噻，兄弟，你也对美女不感兴趣啊，那你对猛男一定会有冲动了。即刻起，加入武术协会将有大礼赠送！”说完，猛男掏出一本《易筋经》，“瞧，够意思吧！”

正当我想偷偷溜走的时候，突然，四位面带微笑的姑娘一起喊着：“学弟，加入我们语言艺术协会吧，我们协会……”

我还以为自己误入了女子协会，刚开始的惊慌失措一下子就烟消云散。

“对了，学姐，我喜欢写作，你们协会招这样的吗？”我说。

“招，当然招啊！”美女学姐扯着另一位学姐的衣角兴奋地说，那笑容分明就是茫茫人海里的一朵浪花，开得惊心动魄。

“对了，学弟，赶快把这张表给填好吧！”

“欢迎加入我们协会哦。”

填完表后，我感觉特别幸福，那个中午，我足足吃了两个人的饭。

我的入会风波

我以为加入了协会自己就会变得光彩夺目，于是我拼命地在室友面前炫耀。直到有天 Z 室友忍无可忍地说，交钱的组织是人都可以进，有本事你进学生会。

刚入大学的我初生牛犊，便在学生会文艺部报了名。面试那天，我说了一段相声，我一直以为自己有几分演艺天分，可哪里知道在初试时我就惨遭淘汰。

从那以后，我再也不觉得自己有任何一点才能，我甚至把十几年来所有的委屈全部发泄在协会里。我不再参加例会，不再上任何一堂有关语言和文字的培训课。每当美女会长问及缘由时，我总有一万个借口。

所有的故作矜持一旦碰到对手时就会显得苍白无力，某天，美女会长打来电话，说是学校要办文艺晚会，得我们协会出男生搬桌子，如果不去就会被记大过。对于 W 大的死命令，即使我有那颗贼心也没有那个贼胆拒绝，我还是硬着头皮去了。

但让我没想到的是，在 W 大干苦力活还会有意外收获。那天，当我被老师表扬，奖励一条浴巾后，我才意识到自己曾犯了一个严重的错误，我不该贬低自己，即使我没有才能，但只要我有责任心，我的存在还是有价值的。从那以后，我在协会里干什么都劲头十足。只是后来让我感到一丝难过的是，学期末，美女会长去了军队发展。

我要当会长

副会长 YY 学姐升官发财的那天，我正在老家奔丧。回到学校后，我的心情变得相当糟糕，我动不动就大发脾气，好几次怒撞 YY 学姐。幸好 YY 学姐也是一个比较善良的女孩子，对于我的鲁莽，她只会莞尔一笑。然后用短信的方式给我讲一大堆道理，说一大筐好话。在 YY 学姐看来，我是一个不折不扣的好学生，她从不轻易放弃任何一个值得被提拔的家伙。

再后来，每次社团开干部例会，YY 学姐便会带上我，她要我认真听讲，做好笔记，她说下一届会长人选非我莫属。我用力地笑了笑，因为我知道要当好一名学生干部肯定要有精明的头脑，广阔的胸襟，还要有能说会道的本事。而我，一个来自农村的野娃，连基本的普通话都讲不好，哪谈得上去当好会长。但是我并没有拒绝，自打我学会和人交往的那刻起，我就丧失了拒绝任何人的勇气。

没想到我很快成为了副会长，我的大学生活变成了三天两头都是会议、搬桌子的日子。我还得有奉献精神，为了不占优秀会员的名额，我甚至要眼睁睁看着一张张奖状与自己失之交臂。

还好搬桌子、打酱油、凑人气的日子总算熬到尽头。大二上学期，当我以会长的姿态站在W大的舞台上时，才明白流下的汗水原来不仅有咸的味道，也更有甜的回味。

原来会长也有烦恼

又是一年招新时，W大换了领导，社团和学生会也同时招新。可那年社团招新工作面临着前所未有的压力，W大领导和社团主席又下了死命令，要求每个像样的协会都必须招满名额，否则好自为之。

为了突出语言艺术协会的特色，吸引新生的注意力，招新的前一个晚上，我翻遍历届活动资料、大量补充课外知识、练习说话、学会彬彬有礼，我甚至还装模作样地写了一首小诗作为宣传语。可临阵磨枪是出不了成绩的，招新的第一天，来语言艺术协会报名的只有七名学生，而且其中一部分学生只是抱着试试的态度。唯一能确定下来的只有两个人，他们还是我的老乡。

当然，惨败的不仅有我的协会，还有其他兄弟协会和部门。在面对如此巨大的竞争压力时，领导们终于做了战略调整，允许协会的干部晚上去寝室搞宣传、招人。

W大足足有好几幢宿舍楼，况且以女生宿舍居多。本来我这个人和不太熟悉的女生说话时会面红耳赤的，可那些晚上，也不知道自己吃了什么兴奋剂，每走进一间女生寝室，我就会啰里啰嗦地说一堆心灵鸡汤，我的最高纪录是连续吹了一个多小时的牛皮。那时，一些女孩子真是听得瞠目结舌，她们还以为我是个绝顶高手。其实，我什么也不是，我很清楚当一个人顶着压力做事时，潜能往往会被激发出来。

因为我的唠叨，招新进程受到严重影响。我们没有把W大的新生寝室走完，没有做足宣传，打算加入语言艺术协会的新生依旧没有多少。招新结束的前一个晚上，我打算向 YY 学姐请辞，让她另寻他人。可 YY 学姐就是软硬不吃，她非要我干下去。

她说，把这个会长当好吧！虽然你会感觉很累，你也会因为累而觉得烦恼，很想发发脾气。但是当你在学生时代把脾气都发泄完了，那么将来走向社会，感觉不尽如人意时，你就不会那么轻易想发脾气，反而看得更开了。

正是因为 YY 学姐的这句话，后来语言艺术协会成了 W 大最具有影响力的组织，我就此成了老师身边的红人。

在我担任会长的那些年，我总能见到那样一朵朵火红的木棉花，它们开在墙角，含蓄、卑微，却绽放得异常热烈、奔放。

选自《考试报》2014 年第 22 期

我们都曾那么拼命地去熬过一段艰难的岁月，后来才发现那只是成长的一部分。

种在时光里的杨絮

文 / 太子光

时光，仿佛一杯静默无言的水，在光影流年里翻开依稀旧梦。

——佚名

一

杨絮是班上最能折腾的女生，我很奇怪，在她娇小的身体里究竟储藏了多少能量，她总是生机勃勃，像一株迎风招展的杨柳。

和杨絮的热情张扬相比，成绩名列前茅的我就显得寡淡和无趣多了。虽然我会吹长笛，会拉小提琴，但我没有热情，没有兴致，每天除了学习还是学习。杨絮说我没有生活情趣，说我吹长笛、拉小提琴，并不是因为喜欢，而是为了完善自己。

我很不服气，我又不是生来就只知道读书的“书呆子”，他们在追的热播剧，他们喜欢的明星，他们爱听的流行歌，他们喜欢的一切我都喜欢。我不知道这算不算杨絮说的，我只是为了“完善自己”。

当杨絮问我，像我这样安静内敛的优秀学生，会不会有心慌意乱的时候时我愣住了，她不会知道，我是用了多大的努力才克制住自己萌动的心思。

我从来不敢告诉杨絮，在文艺汇演的舞台上，当我看见她在聚光灯下翩翩起舞的时候，看着一袭白裙，长发飘逸，宛若仙子的她，我的心已经一片凌乱。那惴惴不安的悸动，那喘息未定的慌张，她是否明了？

可能是性格的原因吧，我把这一切都掩藏了起来。我每天忙忙碌碌地学习，沉溺在书山题海中，唯有这样心才可以安宁。面对杨絮时，我才可以从容。

二

我一直都很羡慕杨絮，羡慕她的热情，羡慕她的直率，羡慕她风风火火的生活态度。可能是她说话太直接了，有一天，我突然发现班上的同学开始排斥她。

杨絮是个率真也较真的人，她做事力求完美，对自己、对别人的要求都很高，但不是每个人都能够达到她的标准。做班级卫生时，不是劳动委员的她，看见什么说什么，指出这个同学的玻璃没擦干净，那个同学的地板漏拖了一块，虽然她亲力亲为，累得满头大汗，却更招来别人的不满和劳动委员的白眼。

体育课上，男生踢足球时，她也凑上去。众女生在背后横眉立目，说她净爱出风头，而男生也不欢迎她。在热爱足球的杨爸爸的熏陶下，杨絮对足球甚是了解，她常常取笑班上的男生“脚太臭，气太短，踢球烂”，弄得那些水平原本就不高的足球男生颇没面子。

就是在课堂上，老师偶尔出现读错字或是讲错内容时，她也会当场指出，弄得那些老师尴尬不已，虽然表扬她知识面广，但任谁都能看出来老师生气了。

大家在背后说杨絮太自我了，说她的直截了当让人深恶痛绝，说她爱指手画脚是官瘾发作，说她指正老师的错误是哗众取宠……一时间里，杨絮被大家说得一无是处。大家排斥她，对她敬而远之，或是集体起哄，让她窘迫难当。

我不明白，事情怎么会演变到这个地步，杨絮还是杨絮，她的热情洋溢却不再招人喜欢，她的开朗直率反而成了她的“罪证”。

看着眉头不展的杨絮，看着她泛红的眼眶，没有笑容的脸庞，我心里也跟着难受起来。虽然坐的位置离得远，虽然讲过的话也不多，虽然她曾嘲笑我是没有情趣的书呆子，但看着形单影只的杨絮，我还是为她担心。

三

有一段时间傍晚放学后，大家都去操场上做运动，校运动会又要举行了，各班级都在组织训练。在往年，杨絮是最热心也是最积极的，她的中长跑还拿过前三名，跳高也不错。那时，就算她没有参加项目，也乐于当啦啦队队员。

可是这一次，杨絮一个项目也没有报，在大家七嘴八舌地讨论运动会的事情时，她悄悄地走开了。大家训练时，她也一个人坐在运动场边的看台上，孤单落寞。

少了杨絮的场面也就少了喧闹，再没有人像她那样热情洋溢，再没有她爽朗的笑声。男生们少了女生的尖叫声显得有气无力，而女生们更是少了主心骨，乱成一锅粥。看来，这个班上，还真是少不了像杨絮这样热心又热情的女生。

我报了一百米和二百米，只是第一天训练时脚就崴了。一瘸一拐地无法训练，我走到了杨絮边上。看着孤单的她，一时不知如何开口。

“陪我吗？”看见我，她淡然问了一句。

“嗯！”我的脸突然就涨红了。

“怎么了？”见我欲言又止，她抬起了头。可能是看见我的脸红了，她张开嘴，想说什么，却又咽了回去。

我们静默地坐在一起，气氛顿时尴尬起来。

“你还好吗？”坐了一会儿后，我勇敢地问了一句。其实有段时间了，看见落寞的她，我就想给她一些宽慰和温暖。虽然我知道，她可能不是很需要这种无谓的关心，但我还是希望能够为她做点什么，即使只是陪她说说话，或是仅仅安静地坐在一块儿。

“我不是你认为的那种‘书呆子’，我也会因为一个女生而心慌，也会因为那个女生的事而难过。”我急急地解释，不希望她再把我当成“书呆子”。

“哦！这样。”杨絮吃惊地望着我，不明白我是怎么了。

四

杨絮后来应该是明白了我的话，再见到我时，她会认真地看着我，想读懂我眼神里包含的内容。只是我，对杨絮说出心里的秘密后就有些躲避了。

躲避她却又忍不住关注她，关心她，我总会为她在别人面前做解释，希望大家还能像过去一样喜欢她率真的个性。并不爱说话的我，突然很懊恼自己的嘴笨，要不，我就可以帮助杨絮了。我不喜欢大家排斥她，不喜欢看见她忧伤难过的眼眸。

上课时，我再也不可能像过去一样专心致志，我总会忍不住把目光转向她，想着要如何帮助她……凌乱的心绪让我不能自已。几次老师让我回答问题时，我都沉溺在自己的遐想中慌乱地站起来却不知所措。

我没想到，有天傍晚放学后，杨絮会在校门口等我。我们并不同路，我猜想，她该是有什么事告诉我吧。我心里一阵窃喜，左右瞧瞧后赶紧朝她走去。

杨絮看着我，想了想后，说：“你还好吧？”

我点点头，瞥了她一眼，又害羞地垂下，脸早已涨得通红，心“扑通扑通”地跳。

“我知道你为我做了很多事，在同学面前帮我说好话，谢谢你！不过，没关系的，我自己会学着处理好与同学的关系。倒是你，上课是怎么了？

我希望你好好的，像过去一样认真学习，很从容淡定，我很欣赏这样的你。”杨絮微笑着说。

她的真诚我能感受到，她看了我一眼，又把目光转开，望着街上来来往往的人群，若有所思地说：“我们终究是要分开的，未来那么远，谁知道会发生些什么事呢？我错了，你并不是一个无趣的‘书呆子’，你积极上进，也充满生活热情，只是我们每个人的表达方式不一样罢了。我也会努力学着和大家相处，遵循游戏规则，不让自己再被人当成局外人。过段时间，我要转学了，因为我爸的工作调动，我们全家都要一起离开……很开心遇见你、认识你。”

杨絮絮絮叨叨地说了很久，我却在这个过程中愣住了，她居然要转学，那我以后就再也看不见她了，心情顿时沮丧而黯淡。

“漫长的人生路上，我们还会认识很多人，不过，我和你一样，也曾为一个人心慌意乱过。或许，成长中的我们都曾经历过这样的阶段，有点苦涩，而回忆时却很美好，因为我们不曾虚度，因为我们都那么真诚。”这是杨絮对我说的最后一句话，然后她一个人离开了。

五

杨絮在几天后就离开了，偌大的教室里少了她爽朗的笑声变得安静多了，运动会时，啦啦队中少了她这个主力队员也显得了无生机。我的世界里，没有了杨絮，再精彩也无人观赏、喝彩，但我还是一如既往地努力，因为我知道这是杨絮所欣赏的我。

我一直都保持着努力的状态，凡事力求做到最好，在努力的过程中，我的心很踏实笃定。我那萌动的心思，最终只能变成回忆和思念。

成长的时光里，或许我们都会经历这个阶段，谁都无法跳跃而过，因为成长从来就是人群中的孤单。就像在人群中热情张扬的杨絮，她会孤单落寞；就像我，在众人仰望的视线里，也会有高处不胜寒的孤独。我们都想走进别人的世界取暖，却忘了我们自己也可以温暖别人。

我想，纵然岁月流逝，时光飞转，有些人，有些事，都会一直铭刻在记忆深处，让我时时念起。就像种在时光里的杨絮，那将会是久远的牵挂和思念。

选自《少年文摘》2016 年第 4 期

时光匆匆，有些人不见了，有些人还在身边。可是有些人，却一直留在记忆里了，怎么也不会抹去。

Part
第五辑
06

只要站直，就能撑起一片天

整整一个暑假，我奔波在建筑工地上，顶着烈日，搬砖、和灰、送料。这一切对于我来说都是那么的艰难，但我强迫自己咬牙挺下去，我要为自己的错误负责。而直到此时，我才发现自己曾经犯下的错误给父亲带来了多少苦累和心痛。当我把一个月的辛劳所得给校长送去时，我站得比任何时候都要直。我感到了前所未有的充实和满足，这才是我一直想要的那种感觉。

爱到深处是封冻

文 / 段奇清

爱情只有当它是自由自在时，才会叶茂花繁，认为爱情是某种义务的思想只能置爱情于死地。只消一句话：你应当爱某个人，就足以使你对这个人恨之入骨。

——罗素

“天憎梅浪发，故下封枝雪”。常有人会蒙受不白之冤，被怨憎和迫害。那段时间，她和他的人生中的雪下得好大，四处一片皓白，仿佛要封冻住他们生命中的一切。

1934 年，她出生于一个知识分子家庭。父亲从事教育工作，让她对有学问的人从骨子里仰慕和敬重。她十四岁就成为北京一名地下党员，刚解放时，她从北京第三女子中学以优异的成绩毕业。国家百废待举，急需人才的学校近水楼台先得月，把她留下来做了一名政治教员。

1952 年的一天，学校通知她参加一个会议，告诉她中宣部理论宣传处的一名干部来校作政策理论宣讲。那时，她对这名干部并没有什么了解，会场上，她静静听着。她发现他出口成章，文采飞扬，说出来的话洗练深邃，非饱学之士不能如此。她那热情、活泼的两只大眼睛愈发明亮起来。

在众多的听众当中，她的那双眼睛就像两颗明亮的星星，一下子让他爱的天幕一片灿然。他喜欢上了她，她也认定他就是自己青春闺梦中屡屡出现的那个身影，两人由此拉开了相知相爱的帷幕。

从那以后，他们写信、打电话、见面、散步、逛公园、看电影、吃冰棍或冰淇淋，差不多每天都会抽出时间在一起。但他们在一起更多的是谈政治，她有太多的迷惑，太多想知道的问题。关于世界、关于中国，关于人生、关于福楼拜、莫泊桑……

而他就像一个全能的上帝，侃侃而谈，言必中的，总能让她豁然开朗。她入迷地听着，看着她大而明亮的美丽眼睛，他会情不自禁地把她搂在怀中，亲吻着。她没有一点儿反抗，只觉得幸福。

然而，她的父母并不看好她的恋情。认为她太过天真，不适于与政治太接近，当然更不能做像他这样一个政治经济学家的爱人。此外，她只是一个普通教师，两人地位悬殊。他还比她大了十九岁，但对于她那如铁的决心，父母只好妥协了，但命运并没向她作出任何妥协。

也许她要跟上爱人的步伐，也许是他的答疑解惑让她有了不一般的人生和政治见解。在“帮助领导”的号召下，她说了“陆定一（时任中宣部领导）这人有点粗暴”的话。父母的话一语成谶，从此厄运像恶魔一样死死缠上了她。这是 1957 年，她于年底被打成“右派分子”。

对党那么热情赤诚、襟怀坦白的人怎么会是右派？他向组织写信为她申诉，却丝毫不起作用。更让他想不通的是，针对领导个人生活作风提的意见，为什么要被无限上纲上线，被定性为“向党猖狂进攻”？

思想转不过弯来，跟不上形势，组织就要触及他的灵魂，他被不断“补课”，最后有关领导让他与她离婚。

“不流泪来心似铁，寸肠千结”。他肝肠寸断，却将痛苦的泪水往肚里咽，心似铁般要和妻子不分离。他骑着自行车到百里之外的劳改农场给妻子送营养品。

由此，他被人举报“不与右派妻子离婚，瞒着组织相会”。之后，相关

部门针对他开了多次组织生活会，并严厉地警告他，只有与妻子离婚才有出路。否则，不说他的工作难保，就连她也罪加几等。

为了保住他的前程，让孩子有一个正常工作的父亲，她含泪提出与他离婚。而此时的她，正怀着他们的第三个孩子，这让她更加心如刀割。

从此，她在极其艰难中度日。携手相将，花前月下，只成了一种记忆；那些成双成对的过往，如同梦幻泡影。为了彻底让她断了对他的念想，在刚刚生下孩子后，她被勒令重新组建家庭，与右派教员聂宝珣结婚。她不愿意，他们就让刚生了孩子的她到农场做重体力劳动。

不久，身心并痛的她患了心包炎，她从农场回到北京第三女子中学，学校让她继续劳动改造：在地下室里种蘑菇。那时正处于饥荒年，各单位设法生产食品自救。

许多即将饿死的人被她种出的蘑菇救活，即使日夜劳作她也觉得不再那么累。由于“改造”得好，1961 年年底，她被摘掉右派帽子，做了学校的一名资料员。见她的日子逐渐恢复正常，1962 年秋，他也组建了自己的新家庭。

她和他似乎不再有交集，一切也似乎云开日出。他做行政与研究工作，她教书育人，抚养他们的三个女儿和与聂宝珣生下的一个女儿。“天将奇艳与寒梅，乍惊繁杏腊前开”。虽说自己经历了寒彻骨髓的冬天，但她的四个女儿一个个出落得如花似玉一般，人生又欲何求！

“大片纷纷小片轻，雨和风击更纵横”。她生命中一场更大的雨雪向她粗暴地袭来。1966 年，“文革”开始，她再次受到斗争和迫害。造反派用细铁丝在她脖子上挂了四块沉重的砖头，鲜血从细铁丝勒进的皮肉处流了出来。那些疯狂至极的“造反派”强迫她继续挂着砖头在玻璃上爬行，她的双腿、双手顿时鲜血淋漓。

更让她寒心的是，他按月供给孩子们的抚养费也中断了。因为“文革”

开始后，他的处境也非常艰难，中宣部被称为“阎王殿”，陆定一、周扬分别是大阎王、二阎王，他则是“阎王殿”里的“大判官”。他被打倒，关进牛棚，接受劳动改造。

1968 年，“清理阶级队伍运动”开始了，她又成了被审查、被斗争的对象。7 月 11 日晚，北京第三女子中学“革委会”主任宣布她是“没改造好的右派”，将在第二天下午开全校大会给她重新戴上“右派分子的帽子”。然而，这样的事永远也不会来了，次日中午有人报告她吊死在了一个废弃的厕所中。“革委会”宣布她自绝于党，自绝于人民，这一年，她年仅三十四岁。她就是孙历生，他是于光远。

1978 年，她的女儿们为她举行追悼会，发出了一百张请柬，到会的却有几百人，但于光远没有出席。他一生中出版了近百本著作，却没有哪一本写到孙历生。

有人说，于光远作为“社会科学家、哲学家、经济学家”“党的高级干部”，却没能保护住他深爱的人，使得他无法解释也无法自谅，只能回避，只能对这段人生刻骨铭心的感情进行封冻。

于光远曾痛哭着告诉他们的大女儿于小红，在孙历生“自杀”的几个星期前，他找过她，告诉她“清理阶级队伍”，她可能会再次受到批斗，让她有思想准备，但他没想到这次竟会是诀别。

也许正是这次“通风报信”，让孙历生感到人生天地的寒冷，她认为自己很难抵抗得住了，于是将花一般的生命交付了一根扭扭曲曲的绳子。还有“陆定一这人有点粗暴”的话，她并不在中宣部工作，对这个“大阎王”哪里会了解，她能说出这样的话，未必不与他的“答疑解惑”有关。也许这些都成了于光远心中永远的痛。

春风春雨，夏云夏霞，秋花秋月，冬雪冬霜。2013 年 9 月 26 日，他怀着这种痛离开了人世，善始却不能与善终，他与心爱的女人在九泉之下相见去了。

选自《读书文摘·经典》2014 年第 10 期

爱情的方式有好多种，有的爱是甜蜜的，有些却令人难以下咽。爱情在一定程度上，是一种捉摸不透的东西。

只要站直，就能撑起一片天

文 / 君燕

每个人都会犯错，但是，只有愚人才会执过不改。

——西塞罗

从小，我就是个顽劣的孩子，“兵荒马乱”充斥了我的整个童年——爬树上墙，掏鸟蛋捅马蜂窝。虽然常常狼狈不堪，但我却乐此不疲。在学校里，我更是极尽所能地发挥自己的“天性”。上课捣乱、下课打架，仗着自己的一身蛮力，“征战”全校园。

很多同学见了我都厌恶地绕道走，仿佛我身上有什么可怕的东西。我看到他们的眼神里，除了不屑更多的是恐惧。就是那些恐惧，让我的虚荣心得到了极大的满足，我甚至为此而沾沾自喜。

我的种种劣迹让老师们都摇头叹气、头疼不已，批评、责罚对我来说已是家常便饭，满不在乎是我一贯的态度。有位老师气急，嘴唇哆嗦着说我“厚颜无耻”，我摇头晃脑地嬉笑着，一如他头上随风飘摆的头发。

是的，对于已经“修炼成精”的我来说，一切都无所谓，大不了老师拿出最后的杀手锏——叫家长。叫家长我也不怕，老实巴交的父亲在老师面前只会唯唯诺诺地点头，然后转身给我一记响亮的耳光。

在我看来，那巴掌只是为我之前闯下的祸来个完美的收官。这之后，父亲会带着我一家家地去道歉，忙不迭地赔医疗费，修补损坏的东西。而我需要做的，只是在父亲的责令下一次次的鞠躬或者下跪。然后，开始我

新一轮的“南征北战”。

我的无法无天开始变本加厉，直到闯下了那个大祸。那天，同学们在悄悄议论新来的校长，言语之中尽是尊敬和崇拜，还说估计全学校的同学们都怕他。最后的这句话一下激起了我的斗志：我怕过谁呀？我还偏就要治治这个校长，看看到底是谁厉害！

同学们都吃惊地望着我，仿佛看一个从未见过的怪物。只有几个平时在一起玩的“小兄弟”朝我竖起了大拇指，支持并怂恿我去完成自己的“壮举”。

那天放学，我守在校长回家必经的一条小路上，这是一条坑坑洼洼的小土路，道路两旁长满了野草。我把一条细钢丝拴在路旁的一棵树上，然后攥着绳子的另一头藏到了树对面的草丛中，钢丝绳静静地躺在杂草丛生的小土路上，不细看还真看不出来。天色暗下来的时候，我终于看到校长骑着那辆老旧的自行车过来了。

当自行车驶到我面前时，我猛地一下拽起了钢丝绳，毫不提防的校长“啊”的一声摔了个人仰马翻。看着地上淌着的鲜血，听着校长痛苦的呻吟，我一下子慌了。惯于闯祸的我意识到自己这次可能犯了个大错，却又不知道该怎么办，呆立了片刻之后，我便落荒而逃。

第二天，便传来校长住院的消息。众人的目光一下子聚集在我身上，我第一次感到了恐慌和不安，因为有消息传来，说校长要因此开除我。很快父亲便急冲冲地赶到了学校，不由分说地拉着我往医院走去。父亲气得发紫的脸色倒让我一下子安定下来，大不了跟校长跪下认个错，反正父亲在，一切都会摆平的。

校长安静地躺在床上，头上、腿上都缠着厚厚的纱布。一进门，父亲就急忙跟校长道歉，不善言辞的父亲说了几句便一把扯过藏在他身后的我，喝到：“还不跪下！”我一惊，膝盖便不由自主地弯了下去。不等我跪下，校长却挣扎着坐起来扶住了我。他看着我的眼睛，一字一顿地说：“不要跪下。”老实的父亲见此慌了起来，校长不让我下跪显然是不肯接受我的道歉，不肯原谅我。

于是，父亲狠狠地打了我一耳光，更加严厉地说道：“跪下！”校长仍坚持扶住我，说：“如果认错，请站着认错。”他望向我的眼神充满了鼓励和肯定，没有一丝一毫的埋怨和苛责。经历了那么多认错道歉的场面，每次都不乏抱怨甚至责骂。但这次的场面却深深地触动了我的心——我为什么要无缘无故地去伤害一个这么善良的老人呢！

听完我的道歉，校长微笑着说：“人要学会承担，学会为自己的错误埋单。道歉的时候也要站直，只要站直，就能撑起一片天。”我不记得自己是怎样从医院走出来的，但回到家时，我却做了一个决定：我要用一个暑假的努力，用自己的劳动去补偿校长的医药费。

整整一个暑假，我奔波在建筑工地上，顶着烈日，搬砖、和灰、送料。这一切对于我来说都是那么的艰难，但我强迫自己咬牙挺下去，我要为自己的错误负责。而直到此时，我才发现自己曾经犯下的错误给父亲带来了多少苦累和心痛。当我把一个月的辛劳所得给校长送去时，我站得比任何时候都要直。我感到了前所未有的充实和满足，这才是我一直想要的那种感觉。

此后，不管在何时何地，我都牢牢记住校长的话。是的，后来我所经历的事也印证了这样一个道理：只要站直，就能撑起一片天。

选自《语文周报》2014 年第 22 期

一个坐得端行得正的人，是会有出息的，暂时的困难和阻碍不会阻挡他前行的脚步。每个人的一生，拼的其实就是人品。

卡什拉 18 号的守望

文 / 木子

爱是恒久的忍耐又有恩慈。

——《圣经》

卡什拉大街位于美国宾夕法尼亚州费城，这条大街上住着许多户人家，邻里之间都很善良、友好，大家过着幸福、平静的生活。

卡什拉 18 号住的主人名叫汉斯，是一名电脑工程师。他有一个儿子，今年 7 岁了，名叫小约翰。小约翰上小学 2 年级，学校离家大概有 20 多分钟的路程。

每天早上，小约翰上学时，汉斯都会像变魔术似的，站在家门口，将自己打扮成一只唐老鸭，或者是米老鼠、超人、蜘蛛侠……他用这种独特的方式，送别儿子。

儿子看到爸爸这种打扮，常常抿嘴一笑，便转身向学校走去。看到儿子嘴角露出的那一丝笑容，装扮成卡通动物的父亲就会兴奋得手舞足蹈起来。

下午放学时，汉斯又打扮成憨态可掬的米老鼠站在家门口，迎接着儿子回家。小约翰看到爸爸这样打扮，嘴角又露出一丝笑容，这笑容稍纵即逝。但是，看到这一丝笑容，汉斯更加兴高采烈地手舞足蹈起来。儿子脸上绽放出的那缕笑容，对于汉斯来说，就是天下最美丽的花朵，芳香袭人，令人陶醉。

原来，小约翰是一名自闭症儿童，这种自闭症是天生的。主要表现为不愿与人交流，对任何东西都不感兴趣，喜欢沉浸在一个人的世界里。当小约翰才3岁时，汉斯得知儿子得了这种自闭症，一下子惊呆了。他带着小约翰跑遍了美国许多医院，结果都被告知治不好小约翰的这种病，汉斯感到很痛苦、很无助。

医生无奈地告诉汉斯，任何药物都无法治愈小约翰的病，只有爱才能使他渐渐走出孤独、封闭的世界。在他10岁之前，是治愈小约翰的最佳时期。

听了医生的话，汉斯的眼前一亮，他仿佛看到那跳动希望的火焰。很快，他挺起了胸膛，目光中闪烁着一种坚强和无畏。他擦去眼角的泪痕，将儿子紧紧地搂在怀里，喃喃地说道，孩子，让我们一起努力，去拥抱这个美丽的世界吧。

从此，汉斯成为小约翰最好的伙伴，他陪约翰玩耍、旅游、说话、看书、讲故事、看电视……尽管他很辛苦、很疲惫，可小约翰对外界的反应还是那么迟缓，甚至无动于衷。但是汉斯一点也不气馁，在他眼里，小约翰就是上帝给他送来的最好的礼物，他必须要倍加珍惜和关爱。

小约翰上学了，他别出心裁，每天站在家门口，扮成各种卡通动物形象，迎送小约翰上学、放学。无论刮风下雨、电闪雷鸣，汉斯都会准时站在家门口。他那憨态可掬，惟妙惟肖的滑稽动作，让小约翰从开始熟视无睹到定眼细看，再到会心一笑，这一点一滴的细微变化，在汉斯眼里就像是巨大的成功，他的心里比吃了蜜还甜。

渐渐的，卡什拉18号门口的卡通动物形象，成为卡什拉大街的一景。终于，人们得知这个父亲的一番良苦用心后，都被他这种深情的父爱深深地感动了。

有一天清晨，当汉斯在门口扮成一只活泼可爱的唐老鸭时，他突然发现他旁边多了一只米老鼠，也在那手舞足蹈着。那一刻，汉斯什么都明白

了，他走到米老鼠跟前，热情地与他拥抱着，两行热泪夺眶而出。

小约翰出门时，他惊讶地看到了两只卡通动物在那里手舞足蹈，脸上立刻露出惊喜的神色。他走上前去，轻轻拥抱了那只米老鼠，嘴里连连说道，谢谢！谢谢！米老鼠弯下腰，给了他一个吻。他又走到唐老鸭跟前，轻轻地拥抱了那只唐老鸭，嘴里连连说道，谢谢！谢谢！唐老鸭弯下腰，也给了他一个吻。

一直走出很远，小约翰回过头去，发现那两只可爱的卡通动物还在不停地又蹦又跳，向他挥手致意。

下午放学回来，在很远的地方，小约翰就看到家门口的那只唐老鸭和米老鼠，不，他发现旁边还有一个超人，他们在那儿又蹦又跳，向他表示欢迎呢。小约翰兴奋地张开双臂向他们飞快地跑来，嘴里还高声地喊道，谢谢！谢谢唐老鸭！谢谢米老鼠！谢谢超人！

渐渐的，小约翰发现，每当他出门或者放学回来时，家门口的卡通动物越来越多，这些卡通动物好像是在列队表演，向他传递着绵绵不绝的关爱和友情，他那封闭的心灵一天一天地打开了。

小约翰笑了，笑得很甜蜜、很幸福，有时，他也扮成一只卡通动物，与他们在一起手舞足蹈，载歌载舞。小约翰逐渐变得开朗、乐观起来，变得愿意与人交流，他有了许多小朋友……这一系列变化，令汉斯兴奋不已。

经医生检查后，脸上露出不可思议的表情，他惊讶地告诉汉斯，小约翰的自闭症已基本痊愈了，这简直是奇迹。

医生问汉斯这一奇迹是怎么发生的？

汉斯将约翰紧紧地搂在怀里，眼睛里噙满了泪水。他哽咽地说道，是爱，是爱的守望，让约翰变成了一个健康、正常的孩子。那些可爱的卡通动物的扮演者，都是我的街坊、我的邻里，他们都是约翰最亲的亲人。

卡什拉 18 号，那温暖、甜蜜的一幕每天都在火热地上演着。看到约翰在健康、茁壮地成长，人们心里溢满幸福和甜蜜。这种幸福和甜蜜像一股暖流，在人们心田里，久久地缠绵着、流淌着……

选自《意林·少年版》2012 年 12 期

我们生活在一个充满爱的时代，在我们需要爱的时候，爱源源不断地来到。然后我们就学会爱了，在别人需要的时候，我们可以奉献自己的爱。

温情相“拌”滋味长

文 / 李迎春

总在有月亮的晚上，想起故乡的模样，却是一种模糊的怅惘，仿佛在雾里似的。挥手别离后，乡愁是一棵没有年轮的树，永不老去。

——席慕蓉《乡愁》

冬日的阳光，透过窗玻璃斜射进来，点点灰尘精灵一样地在光影里舞蹈。我坐在窗前的暖阳里，回忆着那些温馨的画面——就如一幕幕黑白老电影。我开始思念久未见面的姑姑，想起少年时吃过她自创的私房菜——胡萝卜丝炝拌黄豆。

那是30多年前，我还是个12岁的小姑娘，因为刚查出患有严重的类风湿病，父母领我在省城四处求医。有人介绍了农村的一位老中医，奶奶便陪我到离家几十里外的乡村诊所治病。到了那里，才知道乡村诊所不能住宿，经父亲的朋友帮忙，我和奶奶到一户农家借宿。

望着陌生的环境和素昧平生的一家人，我无所适从，拘谨地坐在炕沿上，30多岁的女主人轻轻地把我抱上炕。我和奶奶原打算借住在她家闲置的偏房，自己做饭、熬中药，为此我们还带去了柴油炉、米面油等生活用品。

这户人家有4个孩子，对我们的到来很是欢迎。大我一岁的女孩笑盈盈地跑过来，拉着我的手，这让我一下子轻松起来。晚饭时，女主人执意不让奶奶自己做饭，盛情邀请我们和她家人一起吃。

能容留生病孩子住家里已属不易，女主人对我还像亲闺女一样照顾。知道我的病怕凉，她每晚都让我睡在最暖和的炕头，帮我洗头发、洗衣服、梳辫子……我像在家里一样，感受着她母亲般的呵护。

那时候无论城乡，冬天的菜蔬都是老三样——白菜、萝卜和土豆，几天才能吃上一顿豆腐。女主人看我天天吃汤药，食欲不佳，就想着法儿换样调理饮食。今天吃苞米面粥，明天吃发面蒸糕，后天是细软润滑的热汤面，可物质的匮乏还是常常难倒巧手的主妇。

有一天，她翻出农家做大酱的黄豆，挑拣干净，用水浸泡一晚上，第二天起早把黄豆煮熟，捞出，放进大盘子。然后把胡萝卜切成细丝，配上大葱丝和鲜绿的香菜末，加上酱油、醋、盐等佐料，再把少量豆油烧开，炸出喷香的葱花油。最后她用沸腾的油浇在胡萝卜丝上，搅拌均匀，一道风味独特的农家菜便诞生了。

这道菜看着就诱人，金黄的豆粒，翠绿的葱丝、香菜末，橘红色的胡萝卜，再加上黄豆绵软、胡萝卜清爽，真是令人食欲大增。

饭后，女主人把豆粒和胡萝卜丝装进大葱叶里，让我攥在手里当零食享用。那个时代小食品实在是不常见，这种特别的零食，融入了浓浓的温情和善意，今天想来，真是其他零食无法比拟的。

我和奶奶在那里一住就是一个月，非亲非故，萍水相逢，这家人却热情款待，如同老亲故友。

那次求医，我的病虽然没有治愈，却意外收获了一份难得的人间真情。奶奶曾经有过一个亲生女儿，不幸 19 岁正当芳龄却早逝了，这一直都是她内心的隐痛。结识这家女主人之后，奶奶认善良的主妇为干女儿，于是她成了我唯一的姑姑。

以后的日子里，两家人互相关爱，相处了几十年，甚至忘记了没有血缘这层关系。姑姑在奶奶病重去世前，一直像亲女儿一样在床前尽孝。奶

奶弥留之际，把她积攒的体己银元拿出来，分出一半给了姑姑，另外一半给了父亲。奶奶握着姑姑的手断断续续地说："你比我的亲女儿强啊！"奶奶是带着满足离开的。

两家的孩子都非常亲，姑姑的儿子们到镇上读高中，3 年都是住在我家，奶奶待他们像亲孙子一样疼爱。奶奶去世多年了，姑姑现在也是古稀老人了，但这份浓浓的感情却从未间断。

如今，冬季菜蔬很丰富，但我却永远忘不了胡萝卜拌黄豆那独特而醇厚的香味，忘不了那悠远如烟的往事。红砖平房，篱笆院落，皑皑白雪，袅袅炊烟，火热的土炕，热腾腾的农家菜，一位素洁而朴实的姑姑，还有她那温暖慈爱的笑脸……

黑土地，关东情，东北人的古道热肠，东北人的豪气善良，是我一生都不会舍弃的珍宝。

选自《语文报》2014 年第 8 期

有一个温暖的地方，叫家乡；有一种亲人，叫老乡。那片热土，恐怕是我们一生都眷恋的地方。

喝茶

文 / 杨绛

待到春风二三月，石炉敲火试新茶。

——魏时敏

曾听人讲洋话，说西洋人喝茶，把茶叶加水煮沸，滤去茶汁，单吃茶叶，吃了咂舌道："好是好，可惜苦些。"新近看到一本美国人做的茶考，原来这是事实。

茶叶初到英国，英国人不知怎么吃法，的确吃茶叶渣子，还拌些黄油和盐，敷在面包上同吃。什么妙味，简直不敢尝试。以后他们便把茶当药，治伤风，清肠胃。

不久，喝茶之风大行，一六六〇年的茶叶广告上说："这刺激品，能驱疲倦，除恶梦，使肢体轻健，精神饱满。尤能克制睡眠，好学者可以彻夜攻读不倦。身体肥胖或食肉过多者，饮茶尤宜。"

莱登大学的庞德戈博士应东印度公司之请，替茶大做广告，说茶"暖胃，清神，健脑，助长学问，尤能征服人类大敌——睡魔"。他们的怕睡，正和现代人的怕失眠差不多。从前的睡魔，爱缠住人不放；而现代的睡魔，学会了摆架子，请他也不肯光临。传说，茶原是达摩祖师发愿面壁参禅，九年不睡，天把茶赏赐他才帮他偿愿的。

不知古人茶中加上姜盐，究竟什么风味，卢同一气喝上七碗的茶，想来是叶少水多，冲淡了的。诗人柯立治的儿子，也是一位诗人，他喝茶论壶不论杯，约翰生博士也是有名的大茶量。不过他们喝的都是甘腴的茶汤，若是苦涩的浓茶，就不宜大口喝，最配细细品。

照《红楼梦》中妙玉的论喝茶，一杯为品，二杯即是解渴的蠢物。那么喝茶不为解渴，只在辨味，细味那苦涩中的一点回甘。记不起哪一位英国作家说过，“文艺女神带着酒味”，“茶只能产生散文”。

而咱们中国诗，酒味茶香，兼而有之，“诗清只为饮茶多。”也许这点苦涩，正是茶中诗味。法国人不爱喝茶，巴尔扎克喝茶，一定要加白兰地。《清异录》载符昭远不喜茶，说“此物面目严冷，了无和美之态，可谓冷面草。”

茶中加酒，是有“和美之态”吧。美国人不讲究喝茶，北美独立战争的导火线，不是为了茶叶税么？因为要抵制英国人专利的茶叶进口。美国人把几种树叶，炮制成茶叶的代用品，至今他们茶室里，顾客们还在吃冰淇淋喝咖啡和别的混合饮料，内行人不要茶。要来的茶，也只是英国人所谓“迷昏了头的水而已”。

好些美国留学生讲卫生不喝茶，只喝白开水，说是茶有毒素。代用品茶叶中该没有茶毒，不过对于这种茶，很可以毫无留恋地戒绝。伏尔泰的医生曾劝他戒咖啡，因为“咖啡含有毒素，只是那毒性发作得很慢。”伏尔泰笑说：“对啊，所以我喝了七十年，还没毒死。”

唐宣宗时，东都进一僧，年百三十岁，宣宗问服何药，对曰，“臣少也贱，素不知药，惟嗜茶”。因赐名茶五十斤。看来茶的毒素，比咖啡的毒素发作得更要慢些。爱喝茶的，不妨多多喝吧。

选自《考试报》2014 年第 19 期

“茶”字拆开是人在草木间，是天人合一的境界，茶和禅都是一个味道，可让我们回归天真、单纯。而浮生若茶，我们何尝又不是一撮生命的清茶?

不要掩饰真实的自我

文 / 安一朗

知人者智，自知者明；胜人者有力，自胜者强。

——老子

一

我和班上的同学关系不好，有时没讲上两句话就能吵起来。也许是性格使然吧，什么事情我总要争个输赢，辩个黑白出来。

喜欢与人争辩的结果是让我总被别人排斥，虽然我的成绩不错，但除了李娟，我在班上几乎没朋友。成绩比我好的，眼睛长在头顶上，一副盛气凌人的拽样；成绩差的，吊儿郎当不学无术，我也不愿意接近。

我是个喜欢热闹的人，被人排斥心里总不是滋味。有时看着李娟和别人说笑，我心里就会感叹，为什么李娟的人缘那么好？

李娟是个大大咧咧的女孩子，性格开朗，爱说话的她平日里也会与人争论，但为什么别人就可以接受她呢？李娟并没有刻意恭维过谁，也没有巴结的嫌疑。想来想去，我只能说李娟有种与生俱来的亲和力。

二

原来我还想着要改变一下自己，不要事事与人针锋相对。但想要改变自己并非易事，明摆着就是错的事情，我怎么也说不出赞同的观点。我平时喜欢读书看报，什么事情都爱关注，听到别人瞎争论，特别是牛头不对马嘴时，我就会忍不住上前主持公道。

有一次，两个女生在争论章子怡有没有在赵薇演的电视剧里伴过舞，我记得娱乐新闻有过报道，说孙俪客串过赵薇演的《情深深雨濛濛》里面的小舞女，怎么就变成了章子怡呢？看她们争得脸红耳赤，我忍不住说：“不懂就别瞎争论了，明明是孙俪，怎么就扯到章子怡了？”

我没想到两个女生同时朝我翻白眼，一个说：“我们就是爱争论，关你什么事？”另一个说：“我们去那边玩，少搭理她。”说着，两个女生头一扬，昂首挺胸地走出教室。

我气晕了，都是些什么人呀？真是“狗咬吕洞宾，不知好人心”，我还不是为了平息她们的争论，她们居然倒转枪口，一致把矛头指向我。

三

类似这样的事，还有好几次，我只是好心好意想平息“战火”，没想到却引火烧身，好心被当成了驴肝肺。

最让我深感委屈的一次是有个成绩很好的女生，她在出黑板报时，把“相濡以沫”写成了“相濡以沐”，我及时给她指出来。她看了，撇撇嘴，不屑地瞪了我一眼，说：“就你能是不是？你知道什么呀？一个劲儿瞎嚷嚷，我知道了。”

她的不屑激起了我的好胜心，于是我说：“沫，是指唾液，沐是什么？一起洗澡呀？”我的话引起了一阵笑声，那个女生顿时觉得颜面扫地，突然就“嘤嘤”哭泣起来，然后一把扔了手上的粉笔，哭着跑回座位。老师为这事批评了我，身边的同学更是认为我好出风头，不懂得谦让同学，觉得我就是一个很自我的“完美主义者”。

经过这件事后，我对班上的同学、老师，都抱有成见，我看不惯她们，她们也看不惯我。但是李娟待我始终如一，难道她就不怕因为和我在一起，也遭到大家的排斥吗？

四

李娟整天嘻嘻哈哈的，跟谁都能兴高采烈地聊上两句。我偷偷问李娟：“你跟她们怎么有那么多话呀？还一脸兴奋样！”李娟好奇地看着我，瞪了一下眼，说：“不都是同学，干嘛搞得跟阶级敌人似的，同学之间的话都是无心之语啦！”

“可是，你知道，她们有时有多无知，明明就是错的，还争得口沫横飞。”李娟嫣然一笑：“小燕，你就是太爱较真了。”我很不高兴地说：“较真不好吗？总不能为了所谓的面子颠倒黑白吧，你不也常和她们争论吗？为什么大家对你没意见，却把我排斥了？”李娟静默了片刻，她看着我，犹豫了一下，还是没开口。

李娟没说话，我却说开了，我一一点评班上的同学。见我说个不停，李娟插了一句：“燕子，在你眼中，她们身上就没有一点值得欣赏的地方？”我很坚定地说：“没有。”

李娟脸上绽开灿烂的笑颜，她握着我的手说：“我知道，燕子对我最好了。”上课铃响时，我们才分开，但我感觉到，李娟似乎还有很多话想对我说。

五

最后一堂课结束时，李娟果然叫住了我，我们不同路，但那天她陪我

走了很远。刚开始时，她一直在犹豫，我就开口："有什么话不能直接对我说呢？"

李娟想了想，表情真诚地说："燕子，有些话我一直想对你说，但不知如何开口？燕子，你是一个心直口快的人，这样挺好的，但有时别太极端。看见你被大家排斥，我挺难受的。"

我看了一眼身边的李娟，疑惑地问："你是怕和我在一起，也被大家排斥吗？那你以后就少和我在一起，这样大家就会对你始终如一。"我的语气冷了下来。

"说好不生气的，因为我们是最好的朋友，所以我不想大家误会你。"

"你不误会就行了，他们我不在乎。"

"每个人都有自己的优点，你不能只去在意别人的缺点……"李娟还要说，但我听不下去了，生气地说："我爱怎样就怎样，不用你管。"丢下这句话，我拂袖而去。

六

课前三分钟演讲，今天轮到李娟，她站在台上讲道：

我有个很好的朋友，因为她心直口快，看到不满意的事情就说出来，尤其喜欢说别人的不足和缺点，所以大家都不喜欢她。但是我喜欢她，因为我知道她有许多优点：乐于助人、大方、诚实。每个人都有缺点，如果因为别人有缺点我们就远离，那每个人都将是孤单的。

其实，我这位朋友很多时候，她的出发点是为别人好，但方式是否可以换一种更能让人接受的？语言上的委婉，并不等同于"虚伪"；真诚的认可，善意的赞赏绝不是口是心非的恭维。大家都有自己的骄傲和优点，彼此欣赏，有什么不好呢？我希望我这位朋友能听进去我的话，我更希望大家能试着接纳她，真诚地谢谢大家！

教室里响起了热烈的掌声，我鼻子一酸，泪水夺眶而出。李娟走过来，张开双臂，我们紧紧地拥抱在一起。掌声再次响起来，汇成一股暖流，流过我的心底。

选自《高中生之友》2014 年第 22 期

真诚对人，真诚待事。我们每个人都有最真实的一面，不管好坏都应该真实地展示出来，虚假的东西总是令人讨厌的。

忠言也需顺耳

文 / 冠豸

发自内心的话，就能深入人心。

——尼扎米

林珊一直想不明白一个问题，自己是班长，学习好，工作负责，但班上的同学好像都不买她的账。凡是她提出的建议，往往会遭到同学们的一致反对。倒是副班长刘玫有很高的威信，她说什么大家都会踊跃支持，举双手赞同。

刘玫成绩不如自己，就是长相，也比自己差，同样是班长，但为什么大家都喜欢她呢？她们做的事，出发点是一样的，都是为同学们好。原因出在哪儿呢？观察过很长一段时间，林珊知道刘玫和自己一样，从来不曾刻意讨好过哪个同学。

一天晚自习，值班老师家里有急事先走了，班级纪律由班长林珊负责。老师走后林珊就把自己的作业搬到讲台桌上，她坐在老师的位置上很严肃地对大家说："虽然老师有事先回去了，但有我在，你们就必须保持安静。很快就要期末考试了，大家好自为之，如有不懂可在自习课后来问我。"

完全是一副老师的口吻，下面的同学就不屑地嘀咕："有没有搞错？坐上讲台桌就忘了自己是谁了？""林珊老师，谢谢您的忠告，真是辛苦您老人家了。"一时间喧闹声，哄笑声此起彼伏。

林珊涨红着脸，大声嚷：“我是为你们好，真是狗咬吕洞滨。”“有没有同学看见吕洞滨在咬狗呀？”一个男生阴阳怪气地说，又引来哄堂大笑。林珊抿着嘴，脸绯红，她强忍着不让自己生气。

这时，又一个女生大叫：“报告班长，我内急，想去一趟厕所。”“真是懒人屎尿多，快去快回。”林珊抬头看是自己的同桌，不快地说。“报告！我也是，大号，想去厕所。”一个后排的男生高声喊叫，班上乱成一团，像菜市场。

看见整个局面失控，刘玫即刻站起来说：“各位同学，我可以说两句吗？”“可以！”同学们异口同声。刘玫平静地说：“张老师平时对我们那么好，大家记得吧。她刚才是急匆匆走的，说明她肯定有什么急事，我们不是刚刚答应老师会认真晚自习吗，怎能出尔反尔，让老师担心呢？我们不是最反感不守承诺的人吗，所以我们一起帮张老师一次，可以吗？”

“可以！”又是整齐的回答。“那我们开始信守承诺，不要再喧闹了，大家互相监督，开始！”刘玫笑着宣布，教室里顿时安静下来，没有人再提要上厕所了。

刘玫微笑着朝林珊点点头，坐下了。林珊站在讲台桌后，心里很不是滋味，她就是想不明白，她也是为大家好，可为什么大家就是不接受呢？刘玫也不见得有什么高招，可为什么，三言两语，她就能让闹成一锅粥的教室瞬间安顿下来？她有什么魔力？

林珊对班上不听她的话，不支持她工作的同学一直耿耿于怀，觉得他们是故意捣乱，是歪曲她的好意。算了，以后不管他们，反正成绩差是他们自己的事，毕业后谁也不认识谁。在心里，她对刘玫也颇有微词，她想，如果没有刘玫，同学们可能会听自己的。

林珊的同桌是个懒散的女生，贪玩，不爱学习，整日里就知道打扮自己还爱看言情小说。初二的期中考试，林珊名列年级榜首，而她的同桌却

是年级榜尾。“和你同桌真是荣幸，每次我们都是第一名。”林珊得意地说，一脸不屑。

“是呀！是很荣幸。”该女生剜了林珊一眼，无所谓地回答。“难道你不难过？我都替你感到悲哀。长得倒挺美，就是脑子生锈，肚子里尽是糨糊。”林珊刻薄地说，她是故意的，想用激将法激起女生的斗志。她在一本书上看见过一句话：凡是注重自己外表的人，往往都很在意周围的人对自己的评价。

“我肚子里是什么你那么清楚呀？难道你是我肚子里的蛔虫？”该女生撇着嘴说。“每次都考倒数第一，你不觉得丢人？是智商比别人低吗？说话却也伶牙俐齿。”林珊加重了语气。

“丢什么人？我做过什么丢人的事吗？分数高只代表你成绩好，这和智商无关，和丢不丢人更无关。并且，我要警告你，班长大人，你这是在对我进行人身攻击。不过，我会原谅你，因为我比你有涵养，别以为成绩好就什么都好。”女生说完，洋洋得意地瞟了林珊一眼。

林珊听后，气得呼吸加重，两眼冒火，她忿忿地说：“我可是为你好，别不知好歹！我是看在同桌的份上才说你，别人我还懒得管。”“谢谢班长大人，让你费心了！但是，请不要借着‘为我好’的幌子来对我进行人身攻击。”女生一本正经地说完后转身离开了教室，只留下呆若木鸡的林珊一时不知该如何是好，心里满是委屈。

刘玫坐在不远处，她听到了林珊和她同桌的对话。等那女生离开后，她走到林珊身边，热情地拉着林珊的手说：“别介意，总有一天她会明白你的良苦用心。”

林珊苦笑一声，说：“但愿吧！大家好像都不喜欢我，没有人会理解我的好意。”“哪会呢？你成绩好，待人好，对同学一片热忱，大家会明白的。”刘玫说。“我是真的想帮助大家，可是忠言逆耳，谁会接受呢？”林珊沮丧地说。

刘玫看着一筹莫展的林珊，想了想后说：“是呀，忠言逆耳，何况是处在青春叛逆期的我们。如果能把忠言顺耳说出来，那结果会不会好一点呢？”

“忠言顺耳说出来？”林珊重复着，一脸不解，陷入了沉思。

才一会儿，冰雪聪明的林珊就明白了刘玫的话，也明白刘玫为什么就比自己更受同学欢迎了。是呀，忠言也需顺耳说，只有这样才能被人接受和理解。

选自《学苑创造·B版》2014年第2期

虽然说忠言逆耳，但是在我们今天来看，好好说话，是不是更容易让别人接受呢？

为他人开一朵花

文 / 太子光

人之为善，百善而不足。

——杨万里

周一民和林宇是同学，并且一起考进了市一中。在新的学校新的班级里，他们的关系更加密切，而且很快就和班上的同学打成一片。

可是才过了几个月，生性活泼，爱说爱闹的周一民却渐渐被班上的同学孤立起来，谁也不愿意和他多说话，更不喜欢和他玩。有些女生还公开表示对他的排斥。

周一民郁闷，百思不得其解，问题出在哪呢？

林宇在班上有极好的人缘，和谁都能愉快地相处，谁有什么事情也都愿意和他分享或倾诉。周一民想不通，他和林宇是好朋友，一起进班级的，可为什么他就那么受欢迎，而自己居然处处被人排斥？论长相、论成绩、论口才，自己样样都比林宇强，林宇内敛，平时话并不多，也没有刻意去讨好谁，他是如何赢得好人缘的？

一天晚自习，周一民又和班上一个叫李通的同学吵了起来。两个人都很激动，脸红脖子粗想打架，大家好说歹说好不容易才把两人劝开。但周一民在别人的眼中看到了一种叫“鄙夷”的目光，这让他心里很受伤，他还隐约听见一个女生转身走时不屑地说：“周一民就这副德行，有什么了不起，成天出口伤人，还说我是胖妞，哼！”

“我有出口伤人么？我好心帮他解难题，搭进时间不说，还落个坏名声。”周一民忿忿地想。

晚自习放学时，林宇先一步留下了周一民，邀他和自己一块回家。其实周一民也正有一肚子话想向林宇倾诉，他心里很委屈，而且他也想向林宇取经，如何做才能与同学愉快地交往？

路上，周一民一开口就向林宇诉苦：“做人好难，做好人更难，我好心帮他，他不领情就算了，还要和我打架，我真是心灰意冷了。”

“一民，你是不是又说了什么让人挺难接受的话？”林宇问。

“哪有说什么呀？我只不过说了一句玩笑话。我说‘你们这些高价生真不该进一中，多为难自己呀！’我是体量他，你知道他中考几分吗？整整比我们少了几十分。”周一民感叹地说。

林宇听后，笑着说：“如果你没讲这句，他肯定会很感激你的。”

“可我说的是大实话呀，难道还要我虚伪地赞美他几句才行？”周一民委屈地争辩。

“我们不用虚伪地讨好别人。你只要想，如果你是李通，在那种情况下，你最怕别人说你什么话？你刚才说的话，如果是别人这么对你说，你会接受吗？自尊心多受打击呀！”林宇说。

周一民愣了愣，不吭声。

林宇搂着有些失落的周一民，继续说：“有件事，你还记得吗？就是初中那次数学竞赛，你唯一没得奖的那次。”

“记得，那次竞赛我发挥不好，没获奖，杨钢嘲笑我，我和他打了一架。”周一民说。

“那是你第一次打架，对么？而且你也知道打架的后果会让你丢掉‘优秀学生干部’的称号，可你还是打了，而且一点都不后悔，为什么？”林宇意味深长地说。

“谁让他刺激我？伤害我自尊，本来比赛就输了，心里窝火。”周一民

撇着嘴说。

“如果他当时对你说‘周一民，一次没发挥好并不代表你没实力，你依旧是最棒的’，你听到这句话，是不是感觉就很不一样？你还会和他打架吗？”林宇问。

“当然不会，不过，我记得这句话好像是你对我说的，不是么？”周一民浅笑着。

“要不，我们怎么会成为好朋友呢？”林宇乐呵呵地说。

“说真的，和你在一起，我总是过得特别愉快。你说的每句话，我都特别爱听，仿佛是说到我心坎上了，特别受用。”周一民笑着握住林宇的手。

“其实，你的性格比我更好，你乐观、开朗，爱说笑，成绩又好，大家都很喜欢你。但现在别人排斥你并非妒嫉，只是有时候，你的大实话很伤人。”林宇说。

“我真的是像别人说的‘出口伤人’？”周一民问。

“我相信你从来就没有恶意，但你换位思考一下，你就知道你该不该说那些话了。”

“换位思考？”周一民疑惑地重复了一遍。

“对呀，换位思考，站在别人的角度去想。一句可以伤害我们的话，一样会伤害别人。每个人都有自尊心，我们维护了别人的自尊，我们就可以赢得别人的友谊。友谊不是靠虚伪地恭维别人，讨好别人得来的，只要设身处地为对方着想，说出该说的话，真诚待人就可以了。”林宇说。

“怪不得你有这么好的人缘，大家都喜欢跟你相处，原来你是最贴心的好朋友。”周一民诚恳地说。

“你也是，因为你热情、率真，我了解你，所以欣赏。但身边的同学暂时还不了解你，以后了解了，他们也会欣赏你的。只是现在你得学会换位思考，这样才能赢得自己的友谊。”林宇笑着说。

周一民使劲地点点头，眼眸中满是感激。他抬头看看繁星闪烁的夜空，笑了，并在心里告诉自己：为他人开一朵花，学会换位思考，注意自己口无遮拦的坏习惯，真诚待人，以后也可以像林宇一样赢得同学的友谊。

选自《青春期健康》2015 年第 2 期

有的人学不会去爱护一个人，总是出口伤人，总是不顾及他人的感受。学会真诚，学会理解，这是我们人生的必修课。

Part 第六辑 06

坏孩子也有成长的权利

那是中学的最后一年，我始终无法忘记，那个瘦弱女孩所给予的温暖和感动。她那么不计前嫌地，搀着昔日将她羞辱的仇人，心急如火地狂奔在路上……当年的那个坏孩子，由于成长的波折，不但拥有了异于常人的领悟，更得到了许多长者的忠告。那些无形的领悟和智慧，都是时光赋予少年人的权利，让他无畏荆棘，一路向前。

心的呼唤

文 / 宋杰

爱是绝对没有模式和规律的，爱也是不可能说清楚的。说得清楚的即不是爱，而只是一种利益的结合。

——卢森

2014 年 4 月 28 日，12 岁的江西男孩小包，因严重心衰住进了北京安贞医院。4 月 30 日，小包的病情突然加重，出现了严重的肾衰竭等危急情况。紧急手术后，医生在他心脏处放入了支持设备，才稳住了血压，肾肝功能也有好转。但这个支持设备 7 天内最安全，时间再长，小包还是可能会出血、感染。

早在两年前，小包所患的扩张性心肌病就很严重。曾经到过北京、上海、广西、武汉和香港等多地求医，都没有很好的疗效。医生在建议家人给小包做心脏移植手术的同时，把小包的需求类型做了登记上报。

4 月 30 日晚，安贞医院根据小包的病情，紧急联系了国家器官移植捐献管理中心以及其他合作的医院，寻找和小包匹配的 O 型血心脏。长期做心脏移植手术的张海波医生不无惋惜地对小包的妈妈说："如果找不到合适的心脏移植，这孩子真的就没救了。"

5 月 1 日晚，张海波接到一则消息，说是广西有一位叫叶劲的 21 岁脑瘤晚期患者进入脑死亡状态，家人决定捐献孩子的心脏、肝脏、肾脏以及眼角膜，并且已经与当地红十字会签订了器官捐献协议。根据登记的各项检测结果，叶劲的心脏和小包的心脏相当匹配。当张海波把这个消息告诉小包的家人时，这颗远在千里之外的心脏，给这个一筹莫展的家庭带来了莫大的希望。

负责为小包的心脏手术主刀的孟旭医生知道，在捐献供体里获得较好的心脏特别不容易，通常 10 个捐献者中只有一个人的心脏可用。为了确保这颗救命的心脏能救治这个看上去还算幸运的小男孩，北京安贞医院派出了一名医生，即刻启程赶往广西桂林的解放军 181 医院，再次对叶劲的心脏进行确定性的评估。

为了捐献心脏，叶劲的家人特意把即将离世的叶劲从广西贺州转到了桂林 181 医院。尽管叶劲的心脏是依靠药物在维系跳动，血压也有些不太稳定，但这颗可以延续另一个小生命的心脏还是通过了医生的评估。

“心脏不错”的消息传到了北京，5 月 1 日 23 时 02 分，小包的妈妈“Cola_妈咪”发布微博：“恳请 2014 年 5 月 2 号，下午 17 ：55，南航航班号 CZ3287 由桂林飞往北京的航班全力确保准点起飞，因为有一个捐赠器官在该架飞机上，我的孩子急需这个器官移植救命，如果错过了最佳移植时间孩子就会……”

与此同时，南航广西分公司也接到了桂林解放军 181 医院的一份关于保障从桂林运送心脏供体器官至北京的申请函：因心脏供体离体时间要求在 6 小时以内，为保障心脏移植手术顺利进行，希望南方航空公司予以协助保证该航班正点起飞，以挽救患者生命!

5 月 2 日下午 16 时，叶劲的家人送别叶劲最后一程。病床上的仪器显示，叶劲的心脏还在跳动，16 时 55 分，叶劲的心脏被取出。心脏外科主任潘禹辰把心肌保护液从冠状动脉灌入了心脏，让心肌能量消耗降为最低。

随后心脏被放入无菌袋，装入了盛放着冰块的冷保温箱，快速走出手术室，大步走向早已等候在大门外的救护车。一路上，救护车警笛长鸣，朝着桂林两江国际机场飞驰，潘禹辰的手始终紧紧放在这个红色的储存箱

上。此时叶劲的心脏已经停止了跳动，进入了休眠状态。

已经做好各项准备工作的南航运行指挥中心，向民航局调度室提出航班优先保障申请，请求华东、华北、中南、东北等空管部门，优先放行涉及的相关航段航班，确保航班准点出行，同时公司还专门准备了 2 架飞机作为备份。

尽管飞机从桂林飞至北京全程只需 2 小时 40 分钟，但是从 181 医院到桂林两江机场的距离为 27.7 公里，首都国际机场 T2 航站楼到安贞医院的距离为 26.4 公里。如果遇到堵车加上登机、降落的时间，时间仍然十分紧迫。

17 时 25 分，护送着叶劲心脏的急救车抵达桂林两江机场，早已等候在此的南航地服人员马上为陪运医务人员递上早已办好的登机牌，并引导他们走快速安检登记通道。10 分钟后，一行人登上了开往北京的 CZ3287 航班。17 时 55 分，从桂林飞往北京的南航 CZ3287 航班提前 15 分钟起飞。

得知飞机提前起飞后，“Cola_妈咪”再次发布微博：“飞机提前起飞！感谢大家的祝福，感恩大家的关注！捐赠者大爱无疆！我们全家铭记于心！”

与此同时，北京警方担心机场到医院的途中会出现交通拥堵，随即决定沿途安排警力为这颗“救命心”保驾护航。但因不知道患者住在哪家医院，通过微博和患者家属联系后，获知这颗“救命心”要送到距离首都机场 T2 航站楼 26.4 公里外的安贞医院时，为了确保“救命心”按时抵达，决定使用急救直升机实施空中转运。

由于安贞医院内不具备直升机起降条件，交警随即对安贞医院西门外的安贞路沿线实施临时交通管制，在马路上为直升机“圈”出了一个“临时停机坪”。

20 点 20 分，CZ3287 航班在首都国际机场降落，比计划时间提前了 35 分钟。随后直升机从首都机场起飞，9 分钟后，在两辆私家车大灯的指引下，直升机在安贞医院外的“临时停机坪”成功降落，装着“救命心”的保温箱被迅速送进了手术室。

此时，男孩小包已在手术室里等候，一切准备就绪。主刀医生孟旭主任日前刚刚从加拿大回京，不顾劳累立刻投入了这场手术。

23时12分，孟旭走出手术室宣布核心的手术已顺利完成，孟医生表示，尽管心脏大小不匹配增加了手术的难度，但这颗“救命心”已经在22时30分恢复跳动。小包生命体征平稳，待缝合伤口后将转入ICU病房。

至此，从16时55分到22时30分，叶劲的心脏仅经过约5小时35分的休眠后，就得以在小包身上重新跳动。

这是一次爱的接力，正如歌中唱到：这是心的呼唤，这是爱的奉献，这是人间的春风，这是生命的源泉……死神也望而却步……生命之花处处开遍。

选自《语文周报》2015年第21期

这不仅是身体器官的赠送，更是真正意义上爱的延续，愿这人间的大爱与时间永存。

现在，该我跟着你了

文 / 王万龙

孩子是母亲的生命之锚。

——索福克勒斯

一

他辍学那年还未满十七岁。没有办法，实在念不下去了，几乎每日都央求着母亲，不要再逼他去读那些甲骨文，做那些天文算术题。他说，自己根本不是读书的料。

起初，母亲会愤恨地骂他是个不争气的小兔崽子。后来，再不骂了，大抵是绝望了，便由着他，爱怎样就怎样吧。

他没有父亲，很小的时候，父亲便跟着另外一个女人消失了。他不是不想读书，只是一想起念大学需要的那笔庞大费用，心里就会隐隐地疼。

他暗想，是该承担起一个男人的责任了，于是，跟着几位游手好闲的朋友，一道学开车。他三借两凑地弄了些钱来，考了驾照后，去一家公交公司应聘。因为之前他听人说，大巴司机的工资很高，而且每天有一包香烟。

得到这个消息，他细细地算了算，要是这样的话，他每天买烟的钱就可以节省下来，不用三年，就可以给母亲在楼下开个小商店。那么，她从此就不用再出去帮别人打短工，受别人欺负。

上班的第一天，他睡眼惺忪地握着方向盘，直到一车人都异口惊叫时，才发现自己差点就碾到了人。他嘿嘿一笑，镇定地说，大家不要慌张，要相信我的技术。实际上，他的薄衫早已被冷汗浸湿了大片。

他第一时间想到了母亲，他无由地害怕，自己要是真的轧死了人，没钱赔款而最终坐牢，她该怎么办？

这个想法忽然出现在他的大脑，又忽然隐匿无踪了。因为他相信，母亲不会怎么样，她一直都是极其坚强的人。即便他真坐了牢，也顶多是哭上两天，随即就会把悲伤忘得一干二净，继续着漫长的短工生活。

二

他工作后，母亲经常会跟他要钱。母亲说，我没钱用了，你把这个月的工资打些到我卡上吧。他不语，给她打了一半过去。

半晌之后，母亲打来电话，愤怒的吼声相隔数米都能听到，她扯着嗓子骂，你个小兔崽子，我叫你打 400，你只给我打了 200，你以为老娘是乞丐吗？

他说，我没钱了。母亲一听这话，更来劲儿了，你是不是打算存够了钱，好跟你老子一样消失得无影无踪？我就知道，你们男人全都靠不住！他生气了，也扯着嗓子喊上一句，我不是摇钱树！接着，啪的挂了电话。

母亲习惯了他这种态度，之后也学聪明了，她要是想要 300 块钱的话，她就会说要 600；要是想要 400 块的话，她就会说要 800。因为她知道，他老是只会给自己一半。

有一次，她鼓足了勇气说，我这里有事，你给我打 1000 块过来吧！他冷笑着问，你有什么事？你这一个月已经是第三次管我要钱了，你真以为我是开银行的啊？

她生气了，又扯着嗓子喊道，“我是你娘，你不该养我吗？”他说，该，但，以后你要是再管我要四位数，那我就只能在后面减去一个 0。”

“你个小兔崽子，和你老子一样奸诈！”她在那边险些气晕。

他有时真不明白，她要那么多钱干什么。读书时，他天天管她要钱，不也一样在过吗？现在反倒好了，他给她钱，她的钱还不够用。

他想，母亲怕是谈恋爱了吧？像她如此野蛮的女人，撒娇的时候会是什么样子呢？他一面偷笑，一面握着方向盘转过车水马龙的马路。

下班后，母亲说，回来吃饭吧，我做了你喜欢吃的糖醋排骨。

他破例没有加班，5 点准时交接，匆匆赶另一趟公交走掉了。

三

他把母亲做的糖醋排骨吃个精光，然后讪讪地说，“老板，手艺见长啊！”母亲满意地笑笑，叮嘱他，以后别在外面瞎吃了，回家来吃吧。

他突然有些感动，默然地点点头，刚想主动起身收碗，老女人便抢了过去，高兴地道，说好了啊，每月 500 块伙食费！这月就从今天开始算，明天交钱。他坐在油烟弥散的厨房里，怔怔地看着母亲，不明白她心里除了金钱之外，还能装进些什么。

想想也划算，500 块钱一月，比外面卫生便宜多了，再者，还有糖醋排骨。他兴高采烈地取了钱，交到母亲手里后，每日一盘的糖醋排骨瞬时变成了每周一碟。他无奈地问，老板，你就这样对待老顾客？

她一手抹着桌子，一手指着他道，小兔崽子，我是怕你吃太多得糖尿病！这叫健康饮食，你个乡巴佬到底懂不懂？

当他第一次将女友领回家的时候，老女人原本红润的面色顷刻惨白。他在厨房里悄悄地问，你是不是怕我有了女友之后就不要你了？她像个孩子一般点点头。

他抽着鼻子笑笑，拍拍她的肩膀说，不会的，你才是我一生中最重要的女人呢！说完，他转身出去了，两颗滚烫的泪珠滑落面颊。

那顿饭做得极为丰盛，不过，当晚，他便和女友分手了。他说，在母亲没有找到依靠之前，他得把所有精力都花在赚钱和照顾母亲上面。

当然，这事儿母亲并不知道。

回来后，她问，小子，你们开始多长时间了？他说，分了。她诧异而又内疚地问，怎么了？是我菜做得不好还是怎么了？早知道就别把人家带家里来啊，领到外面饭馆吃一餐，也花不了几个钱。你也不事先通知我，否则，我也可以换身衣服，买些更好的菜回来……

不是，她嫌咱们家穷呢！他打断了她的唠叨。

她不语，大半天后，才神情激动地说，别气馁，不就失恋吗？谁没有过啊？就凭我儿子的条件，找个大明星都行！儿子，多挣钱，以后给妈娶个大明星回来！

看着母亲日益明显的白发，他双眼有些发酸。懒散地说，我累了，睡一觉就没事了。他不想再听下去，怕自己真会大哭起来，他也不想让她知道，他们分手的真正原因。

四

两月后，他跟母亲说，我想去广州闯一闯。母亲黯然地问，什么时候走？他说，明天。接着，沉默笼罩了那个狭窄的厅堂。

他说，我很早之前就有这个打算了，就是有些放心不下你。母亲大笑，我几岁了？你还是从我怀里蹦大的呢，有什么放心不下的？再说你走了多好！我落得清净，一个人住这么大间房子，宽敞，爱干什么就干什么！

他知道母亲是在安慰她，她一直都怕一个人在家。临行前，他去花鸟市场买了两条大狗，叫母亲帮他看养着，伙食费他会照付。

实际上他只是想让它们来保护母亲的安全，打发母亲的无聊时光罢了。

他在广州依旧当司机，不过，待遇比在小镇里好得多。稍微节俭一点儿，可以存下很多钱。

或许是他加班太多的缘故，清早在熙熙攘攘的马路上，他把一辆出租

车给撞了。人是没伤，不过，那辆车惨不忍睹。

出租车司机索赔五万块钱，要不，就将他告上法庭。他说，你告吧，反正我没钱！其实，在他的银行账户上，这些年已存了近八万块，但那些钱，是要用来给母亲开商店的。

他像当初选择司机这条路一样，细细地盘算，翻了很多资料。发生这场交通事故，他顶多坐两年牢就能出来，但要是赔了那五万块钱的话，没个三五年是很难再挣回来的。母亲不知从哪儿得来消息，买了站票，连夜坐车，马不停蹄地赶到广州找他。

开庭前，她将所有积蓄一并取出，哀求原告私了。他惊异地问，这些钱你是从哪儿来的？她含泪说，不都是你这些年给我的吗？放心吧，干净钱！本来打算再存一年就用来给你买辆二手车的。我也知道，在外面干活就是端别人的碗，既然端了人家的碗，哪儿能不受人家的气？谁知，却出了这么一档事儿。

法院门外，他第一次抱着泛着黑眼圈的母亲，不由自主地哭了起来。

五

母亲说，咱回去吧，继续以前的生活，你开车，我打工，等存够了钱就给你找个大明星媳妇。

他说，妈，你先回去，我结婚还早着呢。再说，你都没找，我结婚了，你怎么办？站在凉风呼啸的地铁站口，母亲哽咽了，小兔崽子，如果你还认我这个妈的话，就跟我一块回去，妈到哪儿，你就老老实实地跟着到哪儿。

他回去后，背着老女人取了钱，在楼下开了个小商店。她问，这些钱你是从哪儿来的？他说，干净钱，向朋友借的。实际上她知道，虽然每日来叫他吃喝的朋友颇多，但真肯借给他那么多钱的朋友，却没一个。他拿着钱宁愿坐牢也不肯赔，就是为了给她开个小商店，结束打工的受气日子。

隔着木门，她在弯腰搬箱的时候忽然泪落如雨。屋内，他气喘吁吁地说，等商店生意好了，我打算再出去闯一闯，这样钱来得快些。

她清了清嗓子回他，行啊，你把我捎上就行。他笑，你跟着去干什么啊？看着商店就是了。她说，小时候，你老爱跟着我，你老子带你走你都不走。现在，该我跟着你了。

后来，他留了下来，在小镇里过着波澜不惊的生活。他时刻告诉自己，不能走得太快太远，因为母亲真的老了，会跟不上他年轻的脚步。

选自《考试报》2015 年第 2 期

每个孩子都是母亲身上掉下来的肉，无论她是你熟悉还是陌生的样子，正常还是反常，她都是爱着孩子的，这是天性！

坏孩子也有着成长的权利

文 / 一路开花

任何新生事物在开始时都不过是一株幼苗，一切新生事物之宝贵，就由于在这新生的幼苗中，有无穷的活力在成长，成长为伟人成长为气力。

——周恩来

问题少年这顶帽子，我一戴便是整整五年，没有哪一位老师不曾对我三令五申、苦口婆心地规劝。而年少时的自己，不但不因这样的告诫感到羞赧，反而有一丝丝暗自的骄傲。

我想，我总是特立独行的。记得有一次作文课，题目是《我的同桌》，众人无不仰面长叹，叫苦连天。唯独我独自埋头，写得不亦乐乎，洋洋洒洒数千字，惊得老师目瞪口呆。

结果，我这篇旷世奇作，出人意料地攻破了“零分作文”的纪录。原因是，写作文的我乐了，被写的同桌哭了。老师在课堂上说：“李兴海同学，你所写的文字，完全属于人身攻击，好好的一个姑娘，硬是让你写成了李逵！”

班上同学大惑不解，直到老师拿起我的作文，朗朗念出一段，他们才捧腹大笑。“我亲爱的同桌，人称黑旋风。常自诩武功天下第一，有人赠联，美曰，拳打云贵二省，脚踢京沪两市……”

可想而知，曾对我嬉笑怒骂的那位女同桌，在这次作文课后，拼了命地要求老师调座。我顿时欢呼雀跃，以为将有新的同桌，殊不料，全班45名勇士，竟无一人敢前来同我平分天下。于是，我只好过起了孤家寡人、独孤求败的生活。

有女生断言，我前世一定是一只无恶不作的蟑螂，要不然，这辈子绝对不会如此惹人生厌。因此，我又多了一个小名——小强。

我怒火中烧，用了三天时间，才查出取名哗众的罪魁祸首。结果，这位被称为“智多星”的祖国花朵，莫名其妙地请了三天病假。

多少老师对我说，你得浪子回头，有错必改。可惜，这样那样的人生道理，都被我一一忽视了。况且，每次进入昏沉沉的办公室，我都会不由自主地使出我的独门绝学——左耳进，右耳出。任君说得口吐白沫，我自神游无形太空。终于，他们一个个将我放弃，将我抛至角落，绝望，漠视，不再寻问。

我为自己的蛮横感到前所未有的自豪，直到后来，一次体育考试中，我不小心从双杠上跌落，才恍然觉察到无处不在的孤独。因为，在场的所有同学，竟无一人愿意前来帮我。

我瘫坐在冰凉的地上，疼痛和懊悔，暴雨狂风般呼啸而至。最终，是我当初的那个同桌，不顾男女之嫌，毅然把我扶到了医务室。

瘦弱的她，一路踉跄，出于愧疚，我几次想要挣脱她的双手，却被她牢牢扣住。她额头上豆大的汗珠，如同饭锅上凝结的水蒸气，陆续滴落。最后，那翻涌的热泪，还是从我的心门一涌而出。

那是中学的最后一年，我始终无法忘记，那个瘦弱女孩所给予我的温暖和感动。她那么不计前嫌地，搀着昔日将她羞辱的仇人，心急如火地狂奔在路上……

当年的那个坏孩子，由于成长的波折，不但拥有了异于常人的领悟，更得到了许多长者的忠告。那些无形的领悟和智慧，都是时光赋予少年人的权利，让他无畏荆棘，一路向前。

选自《初中生之友》2010 年第 31 期

就让那些倔强放肆的时光，留在我最深的记忆中吧。让风带走青春里的种种不安，留下今天成熟的自己。感谢那些年轻的面孔，让我在一瞬间成长！

做人实在很幸运

文 / 张云广

只期盼少许，才能接近最高的幸福。

——苏格拉底

“海阔凭鱼跃，天高任鸟飞。”

身处俗世的芸芸众生整天为名忙为利忙被日常事物羁绊着，于是我们会不时地生出对自由自在的动物由衷羡慕，就连独自与天地精神往来的庄周，也做梦化成了一只轻盈蹁跹似乎要超然物外的蝴蝶。

但动物们的生存境况果真如此吗？

在人的目光看来，蜂鸟有着轻灵的身姿、华丽的羽毛，在绿树和鲜花丛中飞来荡去应该是很诗意快活的吧。但真实情况是，它为了觅食，一生的大部分时间都被迫在空中度过，长时间地处于一种“工作”状态，只是偶尔才擦过草地休憩一下。

采蜜时的蜂鸟心跳高达每分钟二百次，极高的翅膀振动频率让人的眼睛都分辨不清它们的轮廓。生物学家告诉我们，一群蜂鸟每天消耗的能量相当于一架喷气式战斗机所需的燃料，如果是人类的话，如此高的能量需求和释放会让血液达到沸点。

白天不停飞翔的大黄蜂也常常处于一种过劳的状态。它的每一次翅膀扇动都是一种生命的损耗，直到达到四百四十万次的飞翔记录，此时的大黄蜂体能消耗殆尽，短暂而匆忙的一生也随即宣告终结。

很多动物除了为生存劳作奔波外，还必须时刻提防外敌的侵袭。沙丁鱼每年从非洲最南端北上一千余公里迁徙觅食，常常要同时面对空中数万鲣鸟、水中数千只海豚和大量鲨鱼的联合攻击，其结果往往是损失过半；加利福尼亚黄鼠每次外出吃草时，时常是天空有金雕、红尾雕的盘旋，地面有大青蛇、响尾蛇的挑战，有时还可能会有不速之客美洲短尾猫和丛林狼的强悍“光顾”。

如此，我们就不难理解，为什么伦敦塔上安全无虞的乌鸦竟然比那些野外生存安全条件差的同类寿命高出了一倍。

相对而言，那些凶猛的猎食者的日子过得应该是潇洒惬意的吧，它们称雄一方无所顾忌，吃饱了闭眼睡上一觉，闲暇时外出散散步踏踏青，实在感觉无聊了就追着小动物戏耍一番。

其实不然，它们常常要面临食物匮乏的窘况和每次捕猎行动失败的现实。特别是捕获大型动物更是一场危险的游戏，在较量中受伤是常态，更有甚者付出的是性命。

长颈鹿一脚就能踢碎一头非洲雄狮的头盖骨，公野牛犀利的角可以把狮子的皮肉轻易刺透。所以猎食者在狩猎过程中表现出来的小心谨慎不仅仅是为了提高成功的效率，还有对自身安全的考虑。

在残酷的自然丛林法则下，一旦受伤难愈就可能使自己的身份从强者迅速滑向弱者，鬣狗合伙欺负掉队的受伤母狮在自然界并不鲜闻。

非洲大草原上的猎豹在我们眼中是轻捷俊美之物，然而在狮子、鬣狗等强大竞争对手的排挤下，为了能够获得食物它们通常会在正午选择剧烈消耗式的狩猎方式，而每一次的快速奔跑都会使它们的体能受到损伤。

事实上，自然界绝大部分动物是不能安然地活到老年的，它们往往因为过劳和疲于奔命的生存方式而早早衰老，而成为掠食者的美餐。

记得年前一位朋友曾以电子邮件的方式发来一张名为“冬日悲悯”的图片，上面是黄昏公路旁木槿丛中的几只麻雀，它们容颜憔悴地瑟缩在朔风寒气里，让人看了顿生怜意。

后来一次再看图片时猛地想到，当年在滕王阁的天空上伴着西天落霞齐飞的那只落单的野鸭不也是同样的凄凉？现在，这张图片依然保存在我的邮箱里，只不过名字改换成了——做人实在很幸运。

做人实在很幸运！的确，在大多数情况下，我们眼中动物的无忧无虑和快活逍遥只是一个虚假的表象而已，它们和正在享受高度社会文明的你我实在是没有可比性。特别是做为万物之灵长的我们，一旦学会了调整心态，以乐观豁达的姿态面对自己人生的时候。

选自《思维与智慧·下半月》2010 年第 1 期

当你抱怨生活艰难，却不知有人温饱都成问题；当你抱怨身体有恙，却不知有人先天就是残疾。人平平安安地走完一辈子真的是太不太容易了，珍惜现在的生活吧！

碎片也可以拼出美好人生

文 / 莲叶深深

盛年不重来，一日难再晨；及时当勉励，岁月不待人。

——陶渊明

每天早晨起床我都信心百倍，告诉自己一定要抓紧时间完成各项工作，然后好好读书给自己充电，可工作和生活却并不能如我所愿。

作为教导处主任，每天来到学校就被各种事情缠身。比如这一天的早晨，我刚刚安排完老师们当天的带班带课，校长的电话就把我叫过去要我写个爱生爱校的汇报。结果回到办公室不到10分钟，又有家长敲门进来，向我投诉某个班主任作业太多，我只能放下刚写了题目的汇报，耐心给她解决问题。

与此同时，各种Q群交替闪烁，不敢不看，唯恐错过什么重要通知，结果十有八九都是无用的闲扯。身在教导处，办公室里人来人往，各种家长学生老师和外面来办事的人川流不息，就算忙完了工作，也无法静下心来读书。

下班到家脱下外衣就开始忙碌起来，等到米下锅、肉菜摘洗切完，我便拿起一本书看，一段还没看完，就听到儿子在屋里喊：妈妈，你来给我听写单词！只好放下书去给孩子听写。好容易听写完了，半个多小时的时间已过去了，我再忙着去炒菜。

等吃完饭收拾完，我重新再拿起书，正看到精彩处时，电话铃声响起，妈妈打来电话，问寒问暖、各种家事絮叨。等放下电话再看时间，半个小时已过，又要安排孩子睡觉了。想着这一天就又这么荒废过去了，便再也看不下去书，只坐在那里闹心发呆。

这只是平常的一天，没有这些事也会有类似差不多的事情纠缠着我，影响着我的情绪。衣服要洗，家要收拾，水电煤气电话费要交，孩子的情绪要关注，还有水管子漏水、孩子生病，朋友的邀请等等突如其来的意外，都让我疲于应付。

上天作证，我不是不思进取的人，我也想给孩子做表率，努力读书工作，做最好的自己。

可是，我的工作和生活时间都被这些琐事割成了碎片，什么都干不了，让我无比郁闷。就算偶尔无人打扰，自己也时刻都在焦虑中，总是担心被打扰，还是看不下去书。

我无比苦恼，在QQ群中跟女友们抱怨，她们纷纷给我出主意：

一人说，在单位没办法，回到家可以选择关机啊，为什么不对自己好一点吗？又一人说，你要学会拒绝，给自己留更多的时间空间；还有人说，没时间就别为难自己，人到中年的女子，何必还要努力读书，平平淡淡也挺好的。

前两种说法我不能接受，我是妈妈、女儿、妻子、是教师，怎么忍心只顾自己，逃避放弃我的责任和义务呢？那么，我就只能像第三个人说的那样，放弃自己吗？

忽然，有一个姐姐用小窗对我说：小时候我家里不富裕，妈妈就用各种布头缝缀在一起做成坐垫，真是美丽啊！后来有了孩子，看他用一张张零碎的拼图拼出一张大画卷，居然和妈妈缝的坐垫一样漂亮。所以没有抽不出的时间，只有不想抽出的时间。就算是碎片，可那也是时间，把它们拼起来也一样可以让你有所收获。

她的话让我如醍醐灌顶，顿时明白了自己的误区。

从那一天开始，我将一本书一支笔放入包中随身携带，在完成工作家务之余，开始争分夺秒地读书写作。

于是，就在枕边、厕上，等车开会的间隙，我都在手不释卷地读书，同时也及时记下了偶然产生的灵思顿悟；在做家务的空闲，在午休时间，我一段又一段地写下了我的所思所想。我不再怕思路被打断，也不怕记下的内容支离破碎，我享受着读书写作的快乐。

我有了很多节约时间的“发明创造”。我把孩子叫到厨房，一边做饭一边听写孩子单词，检查孩子的朗读；我为年迈的妈妈读书，既让她开心也让自己有时间读书了；后来我又接受朋友的建议，用手机下载了专门的软件，常常在上下班路上听或者可以一边做家务一边“听书”……

日复一日，月复一月，年复一年。

就在这些碎片的时间中，我读完了一本又一本的书，文学、历史、教育，这些书籍让我的视野更宽广，内心更丰富安宁；我写下了几十万字的小说散文，发表在报纸杂志上，周围人都对我纷纷赞赏。

因为读书多，让我的知识更丰富，工作变得游刃有余。我的口才也随之提高，我成了学校的家庭教育指导教师，经常为家长做讲座，我内涵丰富、旁征博引的讲座受到了他们的欢迎。

因为经常在这些碎片时间内读书写作，我有了极强的抗干扰能力，内心越来越强大坚韧。同时也能分心二用，经常可以一边聊天一边写作，让别人大为惊叹。

耳濡目染，看我这么抓紧时间读书，原本不爱读书的儿子也爱上了读书，不仅学习再也不用我操心，也更加明理懂事，顺利度过青春逆反期，我们始终互相尊重深爱。

光阴继续向前走，生活慢慢又有了新的变化。

读了初中的儿子对我说，妈妈你去读书写作吧，我已经自己抄写完了需要家长听写的单词，背诵好了古文。我向你保证，这些单词和古文我已经全会了！我不放心，抽查了几次，果然单词准确无误，古文倒背如流。

妈妈说，你那么忙，不用想着来看我，我有空去你家看你。于是经常妈妈来我家，不仅帮我做点力所能及的家务，节省了我的时间，也让我在家里就能膝下承欢。

我的老师们对我说，郭主任我家里有事要请假，但我自己已经串好了课，安排好学生，肯定不会有问题的，不用你费心了。你那么忙，专心做你的事吧。

因为我始终不怕麻烦不怕辛苦地爱着我周围的亲人朋友同事，她们也真心为我着想，还给我更多安宁美好的光阴，我的时间竟然越变越多了。

把每一片碎片都珍惜收藏，把每一分钟都妥善利用，我成了好妈妈好女儿好教师，仰俯无愧，被我的孩子妈妈女友领导下属深爱着、体谅着、包容着、信任着。

当然，我也努力做着最好的自己。我用无数的碎片时间不仅拼出了一本本书一篇篇文章，更拼出了自己美好温暖的人生。

选自《女子世界》2014 年第 9 期

很多个碎片积累，就堆起自身的高度。而那些散落在日子里的碎片，就好比是整个岁月长河里的每一天。把握每一天，过好每一天，好多个日子聚集起来，就成就了你的一生。

分享幸福更幸福

文 / 芭蕉绿影

我们必须与其它生命共同分享我们的地球。

——雷切尔·卡森

开学的第一天，读高中的儿子放学回家，一进门就大声喊道："妈妈爸爸，你们快来，我有事跟你们说。"我正在做饭，老公在看报纸，可架不住儿子的热情，只好一起来到客厅问他到底是什么事？

他洋洋得意地宣布："我今天得到了三百元奖学金，按照我们家分享快乐的传统，我决定我们三个每人一百。"然后他小心翼翼地从书包里拿出三百元钱，给了我们每人一百元，并且叮嘱道："你们一定要买一样自己喜欢的东西。妈妈，千万别用来买菜了！"

原来读高一的儿子上学期期末考试考进了全校前 10 名，得到了一等奖奖学金 300 元。

我和老公又惊讶又开心地对视一眼：我们要吗？当然要啊！一百块钱虽然微不足道，但这是儿子的心意。他愿意主动与我们分享快乐的心愿更是无比重要，是必须鼓励支持的。

老公毫不客气地立即下楼买酒买菜，晚饭时一边喝一边说："从来没喝过这么好喝的酒，这是用我儿子奖学金买的啊！"

我呢？我可不能这么稀里糊涂地花了。一个星期后，我千挑万选，用这 100 元买了双红色凉鞋，然后拍了照片晒在微信上，说这是用我亲爱的宝贝的奖学金买来的。立刻赢得无数朋友点赞，让我更添快乐开心。

我们的快乐让儿子更开心，他更有心气努力学习了。他说下学期他争取考进前三名，奖学金是500到1000元呢，到时候还会跟我们分享的。

分享，是我们家的习惯。

我们不仅彼此分享快乐与幸福，也共同分担不能回避的忧伤和疼痛。

10年前，老公单位不景气，每月只能开80%的工资，日子过得非常艰难，他的心情也很低落。我不仅安慰鼓励他，还说也怪我不够能干，要是我能多挣点钱，你就不会有那么大的压力了。为了帮他分担生活的重负，我用业余时间写稿，稿费虽然不多，却也多少减轻了他的压力。

后来他离开工厂自己创业，开了一家装修公司，生活一天天好了起来。

这时候我父亲病重住院，而我们的孩子还小，我分身无术。并且身为知识分子的父亲极为自尊，也不愿意我做女儿的去照顾。于是老公毫无难色地承担起夜夜陪床的重任，不辞辛苦。后来父亲去世，也是他一手操办了所有的后事，让亲戚们都十分满意。

儿子读初中的时候，有一段时间成绩急剧下降，他自责难过得不行。眼泪汪汪地问我："妈妈，我真的很努力啊，怎么就学不好呢？"我虽然心里也很着急，却不忍心再责怪他。真诚地对他说："你最近状态不够好，不光是你的问题，跟我也有关系。我忙于工作和家务，很少跟你交流；也没有提醒你注意学习方法。从现在开始我们一起努力，我相信你一定没问题！"

老公也在旁边说："还有我，我也有责任，我一点都没帮你妈妈干家务，让她心情不好，才没有过多关注你，我也检讨。"儿子破涕为笑，然后他对我们说："我学习不好主要是我的问题，跟你们没有什么关系啊！"我说，才不是呢，你的优秀与我们有关，你的失误我们当然也有不可推卸的责任。

在我们家里，快乐不能独享，有了烦恼和困难当然也不能自己扛，而是共同面对共同分担，然后再一起努力改善。

当然有了开心快乐更要分享。老公多挣了钱，会给我和孩子买最喜欢

的礼物；我将稿费积攒起来，作为我们每年的旅游资金。儿子看在眼里，所以才会把奖学金与我们分享，并以此为骄傲。

分享内心的忧伤和烦恼，那些忧伤和烦恼就会被稀释，然后就变得无足轻重；分享快乐和幸福，那些快乐和幸福就会成倍增长，然后蔓延开来，让生活变得愈加温暖、美好、幸福。

生活很平凡也很琐碎，日复一日地朝夕相处，哪里会没有矛盾与问题呢？可因为我们习惯分享彼此的心情和感受，就再也没有了隔阂与猜疑，没有了误解和距离。生活如此美好，我们始终相亲相爱。

选自《女子世界》2014 年第 11 期

分享幸福就是布施爱的过程，我们都有责任将这种幸福延续下去。

眼睛最值钱

文 / 林清玄

人长着大脑为的是思索人生；人长着双手为的是创造未来。

——佚名

我喜欢在假日的时候去逛古董市场，因为会遇上许多古董的行家，偶尔也会遇到自己喜欢的宝物。日子久了以后，便认识了一些卖古董的摊贩和一些懂古董的收藏家。我逐渐发现到，买古董的人比卖古董的还要内行，因为有许多卖古董的人甚至对古董一无所知，只把它当成一般的货物。

举个例子，有一天我在一个卖壶的小贩摊子上，看到时大彬的仿制茗壶，时大彬是中国明朝最伟大的紫砂壶作者。眼前那一把壶虽是仿制品，却做得十分精美。

“多少钱？”我问。

“三千元。”小贩说。

“假的也卖这么贵。”

“什么假的？当然是真的啦！”

“时大彬是谁，你知道吗？”

“当然知道了，这一把就是他亲手卖给我的。”小贩面不改色地说。

对于这样的古董摊贩，我们只有无言以对了。

因此，买古董的人，眼里只有古董，价钱是不太在乎的；卖古董的人，眼里只有金钱，他们才不在乎古董的价值。

例如一个明朝宣德的香炉，古董商是五千元批到的，他只要一万元就

会卖，才不管那香炉的好坏。真正懂宣德香炉的人以一万元买到，可能一转手就以五十万元卖出了。

有一次，我和一个买古董的人蹲在小摊前看一尊魏晋的铜佛，他突然严肃地对我说："说真的，我们的眼睛最值钱！"

"为什么？"

他说："因为只有眼睛才能辨认真假、判别年代、分出美丑，所以，买古董的人，要先锻炼自己的眼睛，有了好眼睛，就不会受骗上当了。"

"我们的眼睛最值钱"这句话讲得真好，别人花十万才能买到的古董，我们花一万就买到了，我们那一次的眼光，价值正是九万。还有什么古董比这个更值钱呢？

生活也是这样子的，我们在凡俗的生活中追寻更永恒的价值，不也是在找回那失落的眼睛吗？

只要找到值钱的眼睛不只能找到最好的古物，也可以进而见及生命的真相了。曾经有一个年轻人去拜在一位师父的门下，希望师父教他认识人生的真相。但师父只教他洒扫、泡茶、接待宾客，闲暇的时候就用来静心，并观看这个世界。

弟子过几天就会问师父："师父呀！您什么时候才能教我辨认人生的真相呢？"师父不语。

又过了一阵子，弟子更着急了，问师父："师父呀！你到底要什么时候才能告诉我人生的真相呢？"

师父被问烦了，拿一个石头交给他，对他说："你拿这个石头到菜市场去估价，只要了解它的价钱，不要真的卖掉它。"

在菜市场里，有两个人想买这个石头。有一个人出价十元，另一个出价二十元；第一个是要买回去做秤锤，第二个是要买回去做砚台。

弟子把石头带回来，报告师父："师父呀！这个石头有人出价二十元。"

师父又叫他把石头带到玉石的市场去，只要了解它的价钱，不要真的卖掉它。

在玉石市场，有人出价到五十万元，因为那石头看起来非常稀有。

弟子把石头带回来，报告师父："师父呀！这个石头在玉石市场有人出价五十万。"

师父："好！现在你把这石头带到钻石市场去，只要估量它的价钱，不要真的卖掉它。"

弟子欣喜若狂地跑回来报告师父："师父呀！听钻石市场的人说，这是一块最完美的钻石，有人开价五千万呢！"

师父说："没错！这是最完美的钻石，可是只有用钻石的眼睛才能看见它的价值。你每天追着我问：什么才是人生的真相，用菜市场的眼睛、玉市场的眼睛，和钻石的眼睛看到的人生真相都是不同的，你到底想用什么样的眼睛来了解人生呢？所以你要先锻炼的是钻石眼睛，而不是不断的追问呀！"

弟于听了，就心开意解地开悟了。

我们大部分的人，穷尽一生都在奔跑追求，希望寻找生命中最有价值的事物，却很少人有了解，我们的眼睛才是最有价值的。

有价值的眼睛看见了山，山就有了价值。

有价值的眼睛看见了海，海就有了价值。

有价值的眼睛看见了阳光，阳光就有了价值，因此禅师才说："日照一隅，也是国宝。"

太阳所照耀到的每一个角落，都像国宝一样的珍贵，这种深刻的见解，只有好眼睛的人才能体会呀！

选自《才智》2014 年第 1 期

每一个人都具有自己的价值，就看你能否将其释放出来。虽然你不能延伸生命的长度，但你能掌握生命的高度；虽然你不能使一切都如意，但你可以尽自己所能将一切做到最好。

自卑窗外有花丛

文 / 王万龙

一个人是否有成就只需看他是否具有自尊心和自信心两个条件。

——苏格拉底

一

同桌说“班上女生就属李小莫最丑”的时候，我刚走到笑声四起的教室门外。李小莫怔怔地站在门口，不知所措，最后，故作从容地低着头，转身晃着肥壮的大腿去了厕所。

这是班上男生最中意的一个恶作剧，他们有事没事就把班上所有同学的花名册拿出来，评选“城中三最”。何谓“城中三最”？很简单，那便是指班上最丑的，最小气的，最蠢的三个人。

当然，他们不曾知道，他们在教室里吵吵嚷嚷着评选“城中三最”的时候，李小莫就黯然地站在门口。他们对着惨白的花名册，笑得前仰后合，还不忘各抒己见。

“嘿，你别说，我起初没觉得李小莫有那么丑，但经你这么一说，我倒是发现了。她的大腿至少有那么壮，脑袋至少也有那么大。”旁边一位男生一面说，一面蹲在课桌上夸张地比着手势。

一帮人站在他的周围，像忠实的听众，不停地点头附和。我一进门，他们便涌到我的跟前，一本正经地问：“小子，你终于来了，你说说，班上女生谁最小气？这一块你最有发言权，你可是咱们班的班长。所有男生里边，就你和女生接触最多！”

我破天荒地沉默。说实话，起初我也热衷于这样的玩笑。却不曾想到，这样的做法，会让被评选的人万般落魄。譬如，午后的李小莫。

二

李小莫没来上第一节课，班主任一脸焦急地问：“有谁知道李小莫去了哪儿？”没有人回答。班主任接着问：“她一般和谁在一块儿？”这时，喜好恶作剧的同桌开口了：“老师！她一般就和自己在一块儿！独来独往！”

哄堂大笑，不过，我们不得不承认，他说的是实话，我真的不曾看到李小莫和哪个朋友一同进出校门。她总是耷拉着脑袋，坐在教室的角落里，很少开口说话。即便放学，她也是等到楼道里的人都离开了大半，才拖着肥胖的身躯缓缓地起身出门。

课后，我骑着自行车在校园里来来回回，我希望能搜索到李小莫的影子。毕竟，她的学习成绩那么差，如果再落下这些课程，高考八成只能是重在参与了。

夏风徐徐的操场上，李小莫一个人在荒凉的跑道上大汗淋漓，我鼻子有点发酸。记得之前，班上有漂亮的女生说，激烈的运动可以减肥，我想，李小莫是把这话当真了吧。

我说：“李小莫，你为什么不去上课？”她对我的提问置若罔闻，仿佛我就是个透明人。我骑着自行车跟在她身后，许久之后，终于再次鼓起勇气说：“李小莫，我可不希望我的同桌整天无故旷课！”

李小莫停下身来，瞪大了眼睛看着我，一脸茫然地问：“谁？谁是你同桌？”我一脸讪笑地看着她，不语，她寻思片刻后，终于决定相信这个事实。于是，只好照旧耷拉着头，默然地跟我回到教室。

我从班上最为宝贵的黄金地带，搬到了非洲贫民窟。原本在我周围的那一大帮同学无不忿忿地要找老师理论，说这样调动座位，太荒唐了。我起身制止了他们："没什么，我觉得挺好的，你们似乎都不知道我是远视眼吧？"

就这样，在一片惊呼与诧异中，我和李小莫成了同桌。

三

当我把一封粉红的信塞到李小莫的桌洞里时，心里像揣了一只破笼的兔子。信中，我说："李小莫，其实你很漂亮。只要你敢于把头抬起来，我想我们就一定会成为无话不谈的好朋友，一起上课下课，吃早餐……"

李小莫看完信后，一整个早上都不曾把头抬起来。我沮丧极了，以为自己盲目的举动深深刺伤了李小莫，以至于她都不敢再抬头凝视黑板。殊不知，放学前五分钟，她却递给我一张淡蓝色的纸条："我们真会成为朋友？你不觉得我很丑吗？"

我欣喜极了，连最后一道函数题都没听进去，只沙沙地在纸上写下了一大段潦草的字迹："我们现在就是朋友，当然，前提得是你愿意。我从来没有觉得你丑过，我很乐意和你一起上课下课，吃早餐。不知姑娘意下如何？"

看到最后一句，李小莫嘿嘿笑了起来，前排同学猛地转头，不明所以。他们和我一样，均是第一次听到李小莫的笑声。不到几个时辰，班上便有传言说我和李小莫早恋了。

原来的同桌跑来问我绯闻是否属实，我说："你都知道是绯闻了，还问？若评班上废话最多，最无聊，最懒惰的"三最"男生，我估计，没人抢得过你！"

我说话时的表情异常严肃，课后，我恍然意识到自己的言语可能有些过激，即便我心存善意。我给他传了纸条，只写了一句话："知道李小莫那天为何旷课吗？因为你们评选"城中三最"的时候，她就站在门口。"

四

我跟李小莫真的成了无话不谈的好朋友。我帮她补习功课，教她演讲，写作文，以及自信满满地走路。偶尔，当我回过头猛然触及到她的双眼时，总能看到一些晶莹的泪花。

李小莫成了班上的风云人物，仅三个月，她的成绩便上升了20名。按照规定，有重大进步的同学，班级是有物质奖励的。

当晚，李小莫被班主任点名表扬，上台领奖。我坐在后排的椅子上，悄悄地跟她说："一定记得把头抬起来哦！"她笑笑。那是我第一次看到李小莫自信满满地站在台上，台下有人在叫李小莫的名字。

"李小莫，你很善良！""李小莫，你很上进！""李小莫，你很勇敢……"一帮原本调皮的男生，此刻一个接一个地站起来说优秀同学在自己心中的印象。当然，这个环节，在以前的班会中是没有的。

李小莫站在台上，情不自禁地流起泪来。班上没有一个同学笑她，只是默默地为她鼓掌。

我至今都没有告诉李小莫，那次座位的调动，并非班主任的意思；也没有告诉她，那些同学之所以那么热情和齐心，皆是因为我暗中召开了秘密会议。但这一切都不重要了。

窗外，流光遍地，夏花满树。李小莫站在教室的走廊上漫不经心地说："原来，自卑的窗外也可以长满花丛。"我侧过头，读懂了在她眼中深藏许久的感激。

选自《语文报》2013年第5期

自卑是朵未开的花，需要用爱心浇灌，才能开出绚烂的花。

感谢有你

文 / 侯雪涛

在历史的长河中，有一颗星星永远闪亮，那便是亲情。

——维斯冠

一

当黄轩听到这次作文得了全班最高分时，原本欢快的表情瞬间爬上了一丝愁容。

对于这个从天而降的喜讯，黄轩显然是始料未及的。但对于这个语文老师向来的规矩他还是早有耳闻——每次得最高分的同学必须拿着作文在讲台上念给大家听，以便大家能吸取精华，欣赏佳作。

这次的作文题目是《感谢有你》，黄轩在作文中感谢的是他的爸爸。尽管大家都把作文得最高分这件事看成一份殊荣，但黄轩却不以为然。

他一动不动地站在讲台，默默地，像颗嵌在水泥中的钉子，站了半天也没能开口读他的作文。

老师又用高了一倍的声调催了一次，底下的同学也叽叽喳喳地开始议论，他这才给大家读了他的作文。

他把头压得低低的，声如细丝地读起来："我的爸爸是一名建筑工人，普普通通。他有一双宽大的长满老茧的手，由于常年在工地施工，爸爸脸上的皮肤黑黝黝的。爸爸为了我们经常早出晚归，他看起来比同龄的城里人老了很多。但我要感谢他，感谢他的付出，感谢他带给我的幸福生活……”

读完作文，黄轩迅速回到了自己的座位上，像一个在大庭广众下穿反衣服的孩子，对于周遭的目光，只能尴尬地应对。

在这样一个有钱人家孩子居多的学校里，被“标签”上“建筑工的孩子”无疑像在黄轩伤口上撒了一把盐。从此，班级里面偶尔飘出一阵议论黄轩家庭的声音。尽管黄轩是个乐观的孩子，但这种嘲笑的声音还是像根尖锐的刺一样扎进他的耳朵里。渐渐地，他开始变得自卑起来。

二

期中考试过后，学校按惯例会举行一次家长会，要求所有家长必须全部到场。尽管黄轩这次的成绩在班级里名列前茅，但一想到上次那个作文风波，想到爸爸带有水泥污渍的裤管将要面对其他家长们的西装革履、高贵优雅，他最终还是决定，不打算把这个消息告诉就在学校附近工地上干活的爸爸。

开家长会的当天，大多数同学的家长陆陆续续地都来了，学校门口停满了霸气威武的私家车。家长会准时开始，第一项内容就是向家长汇报成绩。结果一出，底下就像炸开了锅似的，责骂声和夸赞声交织在一起，在狭小的教室里沸腾起来。黄轩坐在那里，默默地注视着这一切的发生，心里仍在默默盘算着如何向班主任解释家长今天没来的原因。

家长会的第二项内容是请这次考试前三名的学生家长上台分享下教育孩子的经验，听到这个消息，黄轩原本紧张的心情忽然间多了一丝恐惧。因为这次考试，他恰恰是班里的第三名。前两个家长依次分享了他们的经验，轮到黄轩家长上台的时候，班主任目光四下游移了一番后，很快就发现了黄轩家长没来。

黄轩立刻站起，把刚才想到的一个借口，支支吾吾地说了出来：“我爸生病住院了，我妈在医院陪他，今天没时间过来了。”班主任没有过多的盘问，就让黄轩坐下了，紧接着继续下面的事情。黄轩终于松了一口气，像被绷劲的发条，一下子回到原始状态般轻松。

三

时间像是夕阳下被拉长的工地大楼的影子，随着影子的不断变化，黄轩父亲所在的工地也终于要完工了。听到父亲要回家休假一周的消息，黄轩的脸好像绽开的白兰花，笑意写在脸上，溢着满足的愉悦。

等了两天，父亲终于回家了，带着一大袋黄轩喜欢吃的水果和一脸令人捉摸不透的笑容。见到黄轩，父亲就按捺不住那颗喜悦的心，脸上堆起一丝憨笑，说道："前几天项目部举办了一次征文比赛，说是连我们这些民工都能参加哩。我识字少，我就念了下我想说的，让小李帮我写。没想到竟然还得了个三等奖。"边说边从口袋夹层里掏出了那篇文章。

黄轩接过那张皱了角的纸张，满脸狐疑地翻看着："我有大半年时间没回家了，不知道我的儿子又长高了没有。我的儿子是一个非常懂事的孩子，学习成绩好，家里墙上挂满了他的奖状。虽然东拼西凑把他送进了县城的中学读书，但我还是感觉亏欠儿子的太多，不能给他穿好看的衣服，不能给他买他想要的玩具……"读着读着，黄轩的眼眶不由自主地湿润起来。

四

想到在学校发生的一些事，想到家长会上撒的谎，黄轩内心仿佛被尖锐的草尖划过一般刺疼。渐渐他开始明白，父亲用他的肩膀扛起了一个家庭，他不该因为家里条件不好而感到自卑。

那天晚上，黄轩正在拿着父亲的手机玩着小游戏，忽然一个短信飘然而至。当看到发信人是班主任时，黄轩一时像丈二的和尚摸不着头脑，完全愣在了那里。

带着十足的好奇心，他点开了短信，当看到短信内容只有简短的"你病好些了吗"这几个字时，黄轩就更加费解了。心里嘀咕：爸爸什么时候生病了？为什么没听他说过呢？

当黄轩继续往前翻时，才忽然明白了这件事的来龙去脉。原来开家长会那天，黄轩撒的那个谎，竟然被他们班主任当真了，当天他就发短信慰问了黄轩的父亲：你好，黄轩家长。我是黄轩的班主任，今天开家长会听黄轩说，你生病住院了。我就用短信给你汇报下他的成绩，你安心养病，孩子这次考的不错。

紧接着父亲回的短信更令黄轩始料未及：我患的是小病，休息几天就没什么大碍了，孩子还麻烦你多费心，谢谢了！

原来黄轩撒的谎早就被班主任的短信给拆穿了，但没想到的是，父亲不仅没拆穿他，竟然还帮着他一起圆了这个谎。忽然间，黄轩内心一片潮湿。因为，他的谎言只是为了满足自我的虚荣，而父亲的谎言却是为了维护他那个“懂事”儿子的自尊心。

五

靠在冰凉的书桌上，黄轩平静的心湖下起了瓢泼大雨，那些因为自卑而撒的谎，像骤然降落的雨点，在被时光平息过的脑海中，掀起滔天巨浪。

他从书包里翻出那篇《感谢有你》的作文，他想，如果有机会，他一定会用最响亮，最自信的声音读给别人听，因为这是一篇灌满父爱的文章，这是一声发自心底的感谢。感谢有你！

选自《考试报》2016 年第 35 期

不要让亲情在熙熙攘攘的现代社会变革中变得越来越脆弱，我们有谁看到从别人处所受的恩惠有比子女从父母处所受的恩惠更多呢?

初见凤凰

文 / 李娟

若我看倦了风景，走累了路。你是否愿意变成酒色的石头，让我把余生靠一靠？

——佚名

睡梦中的凤凰古城是被捣衣声唤醒的，烟雨笼罩，山水苍茫，穿蓝衣的苗家少女在小桥流水边浣衣。水晶似的眼眸，桃花一般的脸庞，让人疑心遇见了沈从文笔下的“翠翠”。她抬起手腕，手指粗的银镯在碧波里闪着银光，于是，一阵阵捣衣之声便久久回荡在江畔。

烟波浩淼，迷蒙的雨雾中，划来一叶扁舟。恍惚间，光阴流转，它仿佛自千百年前的元曲、宋词中漂来，一直漂进我的梦里水乡。

不远处，有几只白鹭卧在水边的青石上，雪白的身影衬着黝黑的青石，如白雪落青石，分外美。

沱江中木板铺就的小桥上走来一群小童，穿红色的衣裳，背着大大的书包。远远望去，红衣孩童的身影倒映在碧波中，给古老宁静的凤凰添了几许生机。两只白鹭蹲在桥头，仰着脖，悠然地目送着小小的身影远去。

细雨如丝，包裹整个小城，脚下的青石板路被雨丝滋养得黝黑发亮。向下游漫步，不知不觉就走进沈先生笔下的山水画卷里：“两岸多高山，山中多可以造纸的细竹，长年做深翠颜色，逼人眼目。近水人家多在桃杏花里，春天时只需注意，凡桃花处必有人家，凡人家处必可沽酒”。

依山傍水的木楼旁，依着一米高的小屋，屋檐下的小池中汪着透亮的泉水。原来，汩汩的泉水自山上流淌而来，汇集在小池中，池中泊一把葫芦水瓢，供路人饮用。泉水旁立着萧萧篁竹，翠色逼人，宋代文人写过，有井水处必有柳词。沈先生写着，凡桃花处必有人家，我说，有人家处必有清泉。

踏上清幽幽的石板路，向阡陌小巷深处去探沈先生的故居。一转弯，看见一家百年的中药铺子，雕花的窗棂，深深的庭院，弥漫着古老草药的清香。门前匾额是画家黄永玉苍劲雄健的题字，上曰“春和祥”。

小巷里遇见一位苗族老妈妈，手里牵着放学的小孙女。我向她打听沈先生的家，她唤我，阿妹，你跟我走，我送你去。我跟着她蹒跚的脚步，如同童年时跟着我白发苍苍的奶奶。一拐弯就看见沈先生的家门，她笑着，脸上盛开一朵菊花，牵着小孙女的手走远了。

在沈先生门前的书店里，买一本《从文自传》自己珍藏，再买一册名曰《烟雨凤凰》的明信片，寄给远方的朋友。只写下一行柳体小楷：光阴走了，惟有你在，我一个人在凤凰，遂念起你。

沈先生的邻居是一位卖葫芦丝的老人，吹着婉转悠扬的曲子《月光下的凤尾竹》，他神态悠然，陶醉之极。袅袅清音，如清泉石上流。沈先生若还在世，日日伴着天籁之音喝茶、读书、写作，真是有福之人。

走进一家名叫香豆腐的小店，店主是一位苗家姑娘，纯净，灵秀，脸上有浅浅的笑意。店里乌黑油亮的平底锅里泊着一排排鲜嫩的豆腐，有的豆腐煎得焦黄了，身上洒几丝红辣椒，几片碧绿的小葱，色彩明艳，悦目之极。要一份香豆腐坐在木桌前，咬一口，外酥里嫩，唇齿留香。

几枝嫣红的蔷薇从一户人家的围墙上探出头来，斑驳的墙壁，水气泱泱的花朵，微风细细，落花香满衣。一位白发老人就坐在门前的矮凳上绣花，有蝴蝶、喜鹊、牡丹和缠枝莲花，她脚下依偎着一只花猫，卧着酣睡。光阴在这里仿佛静止了，小巷深处隐隐传来呜咽凄婉的箫声，是谁在杏花春雨里，一直吹箫到天明？

乘上江边一只木船，顺流而下，两岸青山倒映水中。杨柳依依处，古老的吊脚楼将伶仃的脚伸进江里，屋顶上升起袅袅的炊烟。一只紫燕在水面划了一条弧线，轻灵地掠过水面。一抬头，一座古朴典雅的廊桥横卧在清流之上。百年的古桥，寂寂的流年。它似一位饱经风雨的老人，横卧在沱江上，悠然地看着来往的人们，缄默不语。

寂静的江畔泊着一叶孤舟，仿佛一个漫长的等待，从山寒水瘦到碧潮满满，等待的人还是没有来。可是，每个人的人生，又何尝不是一场漫长的等待，从年华如玉到老去鬓白。

夜晚的沱江，两岸华灯初上，虹影摇曳。犹如一杯打翻的美酒，波光潋滟，如梦如幻，不饮自醉。此时的虹桥，在斑斓灯火的映照下犹如一道彩虹，醉卧于清流之上。歌声、水声、笑声回荡在江畔，惊醒了凤凰几百年恬静悠然的梦境。

遇见一家卖木雕的小店，店名叫“如初见”，有悠长的回味。就想起清代纳兰容若的词“人生若只如初见”。那一刻，初见她，是春水映梨花。那一刻，邂逅相遇，在光阴无涯的荒野，不迟不早，于千万人中遇见你渴望的那个人。那一瞬间，秋波流转，暗自欣喜。世间一切的美好，何尝不是在如初见之时?

我与凤凰初见时，落花人独立，微雨燕双飞。初见凤凰，她不知道，我等她，已等了百年。

文章是案头之山水，山水是地上之文章。烟雨中的凤凰，犹如地上之华章，一千人读她，便有一千种回味与诗意。

选自《语文周报》2016 年第 25 期

人生最曼妙的风景，其实是内心的淡定与从容……